# 中国历朝通俗演义
青少年白话文版 ⑥

## 五代史演义

蔡东藩◎著

王 统 张雅婷◎改编

民主与建设出版社
·北京·

© 民主与建设出版社，2024

**图书在版编目（CIP）数据**

五代史演义 / 蔡东藩著；王统，张雅婷改编. --北京：民主与建设出版社，2024.1
（中国历朝通俗演义：青少年白话文版；6）
ISBN 978-7-5139-4447-2

Ⅰ.①五… Ⅱ.①蔡… ②王… ③张… Ⅲ.①章回小说－中国－现代 Ⅳ.①I246.4

中国国家版本馆CIP数据核字（2024）第017698号

## 五代史演义
### WUDAISHI YANYI

| | |
|---|---|
| 著　　者 | 蔡东藩 |
| 改　　编 | 王统　张雅婷 |
| 责任编辑 | 金弦　唐睿　宁莲佳 |
| 特约策划 | 任程民　向春婷　罗双 |
| 封面设计 | 海凝 |
| 出版发行 | 民主与建设出版社有限责任公司 |
| 电　　话 | （010）59417749　59419778 |
| 社　　址 | 北京市朝阳区宏泰东街远洋万和南区伍号公馆4层 |
| 邮　　编 | 100102 |
| 印　　刷 | 三河市同力彩印有限公司 |
| 版　　次 | 2024年1月第1版 |
| 印　　次 | 2024年12月第1次印刷 |
| 开　　本 | 880毫米×1230毫米　1/32 |
| 印　　张 | 8.5 |
| 字　　数 | 212千字 |
| 书　　号 | ISBN 978-7-5139-4447-2 |
| 定　　价 | 699.00元（全11册） |

注：如有印、装质量问题，请与出版社联系。

# 目录 Contents

1. 朱温崛起 / 001
2. 弃暗投明 / 006
3. 朱温篡位 / 011
4. 晋、梁大战 / 016
5. 李存勖再败梁 / 021
6. 刘守光称帝 / 026
7. 朱温之死 / 031
8. 燕国灭国 / 036
9. 梁晋交战 / 041
10. 阿保机称帝 / 046
11. 吴国内忧外患 / 051
12. 昏淫的蜀主 / 056
13. 李存勖称帝 / 061
14. 梁国灭亡 / 066
15. 刘氏受宠夺后位 / 071
16. 蜀国灭亡 / 076
17. 李嗣源登基称帝 / 081
18. 阿保机之死 / 086
19. 安重诲权倾朝野 / 091
20. 两川动乱 / 096
21. 帝位之争 / 101
22. 李从珂称帝 / 106
23. 石敬瑭造反 / 111
24. 儿皇帝石敬瑭 / 116

25. 后晋危机 / 121

26. 闽国内乱 / 125

27. 石敬瑭托孤 / 130

28. 朱文进称闽王 / 134

29. 晋辽交战 / 139

30. 闽国灭亡 / 144

31. 后晋北伐 / 149

32. 后晋灭亡 / 154

33. 二帝争锋 / 159

34. 耶律德光之死 / 164

35. 杜重威之乱 / 169

36. 三镇叛乱 / 174

37. 郭威平乱 / 179

38. 后汉政变 / 184

39. 郭威建后周 / 189

40. 北汉对战后周 / 195

41. 南唐灭楚 / 200

42. 四方战乱 / 205

43. 郭荣登基 / 210

44. 郭荣大战北汉 / 215

45. 周蜀交战 / 220

46. 后周战南唐 / 225

47. 周主凯旋 / 230

48. 南唐全面战败 / 235

49. 一代贤主归天 / 241

50. 陈桥兵变 / 246

五代 | **1. 朱温崛起**

古人常说治久必乱,合久必分,这是因为太平日子过久了,朝堂上下渐渐忘了祖宗建国的艰辛,变得骄奢淫逸起来,先人辛苦打下来的江山也就毁在他们手里了。

除了统治者的昏庸无道,自然灾难频发也是一个原因,今年旱灾,明年水灾,闹得百姓流离失所,盗贼四起。

老百姓走投无路,想着与其冻死、饿死还不如跟着强盗一起四处掠夺,反而能吃香喝辣,发大财。其中就有三五个枭雄趁着国家动荡,召集一帮追随者称王称霸。

在这乱世之中,有一人迅速崛起,他就是大盗朱三,后来成了五代第一朝后梁的开国皇帝。

朱三原名一个温(wēn)字,唐朝廷给他赐名全忠,他做了皇帝以后又改名为晃。朱温为什么又叫朱三呢?原来朱温在家中排行老三,所以他的家人给他取了个小名叫朱三。

相传朱温出生时,他们家的屋顶上出现了万丈红光,直冲云霄。乡亲们瞧见后还以为他家着火了,一个个挑着水赶去救火。等到了朱家以后才发现并没有发生火灾,只是朱家又添了一个儿子。

乡亲们感到奇怪,嚷嚷着说道:"我们明明看见有红光,怎么来了以后就没了呢?这孩子将来必定飞黄腾达啊!所以才会出现这

样的异象。"

朱温三五岁的时候也没什么过人之处,只是喜欢舞刀弄枪,与邻居家的小孩打打闹闹。二哥朱存与朱温性格差不多,也是个淘气的孩子,他们两人让父母非常头疼,只有大哥朱全昱(yù)忠厚老实,谦虚有礼,与他们教书的父亲十分相似。

朱家三兄弟渐渐长大,家里的开支也越来越大,他们的父亲抑郁成疾,不久便去世了。

失去顶梁柱的朱家日子过得更艰难了,无奈之下,朱母带着三个儿子来到萧县,给富人刘崇当帮佣。

大儿子朱全昱很勤快,却没什么力气,干不了多少事。二儿子朱存与三儿子朱温力气很大,但一个做事粗心大意,一个做事狡猾。

一天,刘崇与朱温起了口舌之争,刘崇转身就去屋里拿出木

## 1. 朱温崛起

棍想揍朱温一顿。刘崇的母亲看见后急忙劝他说："打不得！打不得！你不要小看朱三，他将来可了不得啊！"

为何刘母如此看重朱温呢？原来刘母曾经在夜晚看见一条金光闪闪的大蛇盘踞在熟睡的朱温的睡榻之上。当时刘母被吓得毛发直竖，大叫一声，朱温被惊醒，刹那间，大蛇不见了。

从此以后，刘母就觉得朱温不是一般人，平日里对他格外照顾。在刘母的庇护下，朱温在刘家过得还算不错。

但朱温始终是个无赖，长大了也本性难改，经常闯祸。刘母见朱温还是这般不思进取，就告诫他说："你已经长大成人了，不能继续游手好闲了，你以后到底想做什么呢？"

朱温回复刘母说："我喜欢骑马和射箭，请您给我一副弓箭，我每天去打些野味回来给您改善生活也行啊！"

刘母听了朱温的话后居然答应了他的请求。就这样，朱温每天都到山里去打猎，凭着矫健的身手，每次出去都是满载而归。他的二哥朱存看了觉得心痒，也向刘崇要来一副弓箭，跟着朱温一起去打猎，两人过得逍遥自在。

有一天，朱温和二哥朱存来到宋州郊外打猎。他们遇到了前去寺庙烧香拜佛的一对母女，经过一番打探，朱温得知这对母女是宋州刺史张蕤（ruí）的妻子和女儿。

朱温对张蕤的女儿心生好感，回去的路上他对二哥朱存说道："汉光武还没做皇帝的时候就说'仕官当作执金吾，娶妻当得阴丽华'，后来果然如愿了。我今后也要娶张家的小姐。"

朱存听后大笑着说："真是癞蛤蟆想吃天鹅肉，自不量力啊！我们现在寄人篱下，能填饱肚子就不错了，哪里还敢想什么娇妻美妾。就算你有这个妄想，我们也要干出点事业来啊，岂能平白无故就有好事发生呢！"

朱温回答说:"想要干大事,不是去投军就是去当盗贼。现在唐室已经大乱,到处都是起义的叛军,凭我们俩的勇猛,如果去当强盗,抢些金银财物,不是很容易吗?何必在这里混日子呢?"

朱存和朱温商量一番后决定去投奔黄巢。第二天早上,他们饱餐一顿后,就向母亲和大哥告别了。

当时黄巢占据曹州,在山东一带横行霸道,不少亡命之徒都来投奔他。盗贼头目见朱温兄弟身材健壮、武艺高强,当然高兴地接纳了他们。

两人既然已经加入叛军队伍,自然与官军为敌。朱温骁勇善战,很受黄巢器重,不久就被提拔做了队长。后来朱温又屡立战功,成了黄巢身边的亲军头目。

不久,黄巢自称冲天大将军,他率领大军南下,命朱温留守山东。黄巢大军南下时遭遇瘟疫,不少人染病身亡,无奈之下黄巢决定率军北归,回程途中与官军打了大大小小十多场仗,朱温的哥哥朱存战死其中。

后来,黄巢大军一路势如破竹竟然攻陷了长安,唐僖(xī)宗狼狈逃走,黄巢也趁势称帝,改国号为大齐。朱温为黄巢平定天下立下不少功劳,大唐的江山此时有一半掌握在黄巢手中。只是中原一带已是满目疮痍,百姓流离失所,苦不堪言。

朱温东征西讨多年,得到黄巢的无比器重,黄巢赏赐给他的美人财物自然不少,但朱温心里一直记挂着当年那位张小姐。

无巧不成书,朱温的部下竟把他的心上人献到他的面前。朱温定睛一看,正是他日思夜想的张小姐。她虽然穿着简陋,但依然掩不住倾国倾城的姿色。

朱温与张氏寒暄了几句之后,得知张氏的父亲已经去世,母亲也不知去向。

# 1. 朱温崛起

朱温看着眼前的张小姐对她更加怜惜了，立马向张氏表明了自己的心意："这么多年过去，我对小姐一直念念不忘，我曾立下誓言，如果娶不到你这样的妻子，我宁愿终身不娶。"张氏听后，不禁羞红了脸。

随后，朱温与张氏选了一个好日子，正式结为夫妻。

## 2. 弃暗投明

话说唐僖宗逃到蜀中以后又召集各镇的将士合力讨伐叛贼,想要收复长安。这时,河中节度使王重荣背叛黄巢投靠了朝廷,并且加入了讨伐黄巢的大军。

黄巢得知这一消息后暴跳如雷,立即派朱温前去河中收拾王重荣。朱温这时刚刚结婚,压根不想出征,但军令难违,他匆匆准备了一下就带着人马向河中进发了。

途中,朱温的军队与河中的军队相遇,两军交战之后,朱温的军队被杀得一败涂地,幸好朱温跑得快才捡了一命。

王重荣接着带兵进攻渭北与朱温相持,朱温刚打了败仗,元气大伤,当然不是王重荣的对手。

于是朱温立即向黄巢请求支援,前前后后请奏了十多次都没有结果。起初黄巢是完全不搭理朱温,后来更是指责朱温手握重兵却不肯效力。

朱温一肚子火,打探了一番后才知道是中尉孟楷在黄巢身边挑拨离间说他的坏话。黄巢对朱温起了疑心,当然不愿发兵支援他。

这时候,谋士谢瞳趁机向朱温献策道:"黄巢本就是草根出身并没有什么功德,所以他的兴衰只在一瞬间。现在唐朝天子卷土重来,各方势力纷纷响应,说明唐室人心还未涣散。大人您在外苦

## 2. 弃暗投明

战,小人却在您背后捅刀子,将来您能有什么好下场呢?还不如现在选个新靠山为好!"

朱温本就对黄巢怀恨在心,听了谢瞳的话后觉得十分有理,于是立即杀了黄巢的监军,率领部众向王重荣投降了。

唐僖宗得知朱温投降朝廷十分欣慰,对着身边的人说道:"老天爷都在帮我大唐啊!"随即就下诏授朱温为左金吾卫大将军兼河中行营招讨副使,并赐名全忠。从此朱温就与官军联合起来,共同攻打黄巢。

中和三年(883年)三月,唐僖宗又给朱温升了官,等到收复京城后他就可以去地方赴任了。这一年的四月,黄巢被赶出长安,逃往蓝田去了,朱温也带着妻子、部众来到汴州任职。

一切安排妥当以后,朱温便派人去萧县接母亲王氏和刘母来汴州。刘崇家因为地处偏僻的乡村所以没有受到战火的摧残,刘崇一家人全都安然无恙。

朱温的大哥朱全昱已经娶妻生子,一直没有离开过刘家。朱母这几年也日夜惦记着离家的两个儿子,还派人四处打探他们的消息,有人说他们做强盗去了,有人说他们已经死在了岭南,反正也没有一个确定的说法。

汴州来的使者来到刘崇家说是来迎接朱老太太和刘老太太。朱母还以为自己的儿子犯了事,官兵来抓捕家属,吓得急急忙忙躲到厨房里。

后来经过刘崇一番询问才知道是朱温为国立了大功,特地派人来接朱母。刘崇将这个好消息转告给朱母。

朱母不敢相信,颤抖着说道:"朱……朱三,不是早就当了盗贼,丢了性命吗?哪里能有这样的富贵命,你们肯定是弄错了吧!"

刘崇的母亲却一脸淡定地说道:"我早说过朱三不是一般人,

如今当了汴州主帅,有什么不敢信的!往后我刘氏一门,还要靠你们朱家庇护了啊!"

后来汴州的来使将朱温发家的经过一五一十地讲了一遍,朱母才相信。看到儿子这么有出息,朱母喜极而泣。

接着,使者给两位老夫人呈上华丽的衣服,请她们更衣上车,准备起程。在距离汴州十多里的地方,朱温就已经安排好仪仗队亲自来迎接两位老夫人了。路边的老百姓看到这样气派的阵仗都十分羡慕。

到了朱温府上之后,朱温大摆宴席为两位夫人接风。这时,朱母问起朱存的下落,朱温回答说:"我已经回来了,母亲还问他做什么?"

朱母说:"你们都是我的亲骨肉,我怎么能忘了他呢?"

朱温又说:"二哥已经死在岭南了,听说他还有两个儿子,我

## 2. 弃暗投明

会设法将他们接过来的,母亲不必担心了。"

朱母听到儿子的死讯很是伤心,立马换了一个话题说:"你大哥现在还在刘家,他已经娶妻生子,但是过得很贫苦,你现在发达了也应该帮帮他。还有刘家的恩情,你也不能忘啊!"

朱温笑着说:"母亲不必担心,我自有安排!"随后朱温就赠给刘崇和朱全昱各一千两黄金。

不久,黄巢兵败而死,唐僖宗也回到了长安,并且大封功臣,朱温也跟着升了官。朱母、朱全昱及刘崇母子都因沾了朱温的光而得到了赏赐。

朱温当然无比骄傲,他对母亲说道:"我父亲辛苦一生,也没得到什么功名,如今他的儿子封官拜爵,总算光宗耀祖了啊!"说完就大笑起来。

朱母见朱温得意忘形,忍不住说道:"你取得今天这番成就确实是为祖先争了口气,但是你的德行恐怕比不上先人。"

朱温听了母亲的话大为吃惊,忙问为什么。朱母回答说:"你二哥与你一起出去闯荡,他战死了,尸骨还在他乡,他的孩子也漂泊在外,如今你安享富贵,却忘了他,难道你不觉得有愧吗?"

朱温听后,当即痛哭流涕向母亲谢罪,后将两个侄儿接回汴州,并给他们取名朱友宁、朱友伦。

朱全昱当官之后带着家眷回到了午沟里,他也生了三个儿子,大儿子叫朱友谅,二儿子叫朱友能,三儿子叫朱友诲。

光启二年(886年),朱温晋爵为王,他在朝中的势力也越来越大,成为一方强镇。

河东军统帅李克用好心好意救了朱温,朱温却暗地里派军围攻他。节度使朱瑄与弟弟朱瑾派兵支援朱温,却被朱温诬陷反间自己的部下,朱家兄弟的管辖地也被朱温夺去了。

唐僖宗驾崩之后,他的弟弟唐昭宗继位。朱温也开展了大规模的扩张,接连吞并了徐州、兖州、郓(yùn)州等地,势力范围不断扩大。

朱温的妻子张氏聪慧贤能,分析政事也有自己独特的见解,因为有她的管束,朱温收敛不少,朱温对妻子也敬爱有加。

## 3. 朱温篡位

昭宗光化三年（900年），宫里的宦官刘季述竟然把唐昭宗幽禁起来，另立太子李裕为帝。孙德昭带兵平定叛乱，杀了刘季述，废了太子，又扶持昭宗称帝。

错过了这次立大功的好机会，朱温当然很后悔，但他此时已经夺取河中，并派人上表朝廷让他做河中统帅。昭宗畏惧朱温的势力，答应了他的请求。

昭宗做回皇帝不久，皇宫里又生乱事，中尉韩全诲与大臣李茂贞勾结，把皇帝劫持到了凤翔。朱温奉命迎回天子。经过一番较量之后，李茂贞接连兵败，最终他杀了韩全诲，放了唐昭宗，与朱温议和。

这次朱温立了大功，唐昭宗又封朱温为梁王，并让他担任各道兵马的副元帅。

当时唐室的大权已经落在了朱温手里，朱温也开始想要篡位了，他把宫廷内外的重要岗位全部换上自己的心腹。

正当朱温展开篡位行动时，突然接到妻子张氏病重的消息，朱温心急如焚，立即回汴州看望张氏。

虽说朱温是个大老粗，但是看着病床上虚弱的妻子，也流下了伤心的泪水。张氏自知撑不了多久了，便对朱温嘱咐道："其他事

我不担心,唯独希望大王戒杀远色,这样妾死也瞑目了。"

张氏熬了一天一夜就去世了,朱温痛哭流涕。张氏生前经常劝说朱温不要滥杀无辜,因此保全了很多人的性命。

张氏死后,朱温开始抓紧部署篡位行动。他的不义之举引起平卢军节度使王师范和岐(qí)王李茂贞等人的不满,他们开始发兵讨伐朱温。

朱温的侄儿朱友宁在与王师范的军队交战后战败被杀。朱温听闻战败的消息后,立即率强兵攻打王师范。最后,王师范的军队大败,向朱温投降。朱温为给侄子报仇,杀害了王师范及其族人共两百多人。

这时候,李茂贞已经率军逼近京都。于是朱温又逼迫唐昭宗迁都洛阳。因害怕朝中大臣反对,朱温诬陷丞相崔胤、京兆尹郑元规等人害死了他的侄子朱友伦,并暗中派人将他们全部杀害。

唐昭宗此时如同傀儡(kuǐ lěi)一般,任由朱温摆布,无奈之下带着皇后一行人跟着朱友谅离开了京城。朱温又把唐昭宗身边的两百多名侍从全部杀害,然后换上了自己的人。

唐昭宗虽是一国之主,但实际上跟犯人差不多,衣食住行全都受到管束。他知道自己危在旦夕,于是秘密向四方求援。

晋王李克用、岐王李茂贞、蜀王王建等人收到密报后相继发兵讨伐朱温。因为害怕唐昭宗还会有所行动,朱温干脆一不做二不休,直接派养子朱友恭等人杀了他,并改立昭宗的第九个儿子李柷(chù)为帝。

唐昭宗死后,朱温来了一招过河拆桥,他把杀害昭宗的罪行全部推到朱友恭等人身上,并将他们斩首示众。

李柷这时才十三岁,哪里管得了国家大事。李柷的母亲何太后也是一介女流,没什么能力,只能每日以泪洗面。

## 3. 朱温篡位

为了以绝后患,朱温又派他的心腹蒋玄晖(huī)除掉唐室诸王,从昭宗的长子李裕算起,一共杀害了九人。另外,朱温担心朝中大臣不肯真心臣服,于是将以丞相裴枢为首的一帮大臣全部杀害。

已经扫清障碍的朱温迫不及待地派遣使者向各地守将传达了自己将要取代唐的意图,不少地方的守将都不肯听命,朱温便立即派大军灭了那些不听话的人。

一切准备就绪以后,朱温吩咐蒋玄晖与柳璨(càn)尽快逼迫唐帝禅位。蒋玄晖与柳璨却劝朱温应该遵循古制先封大国,加九锡,然后禅位。

朱温听后气急败坏,拒绝接受殊礼,并怒骂道:"这样的虚名,对我来说有什么用?只要把皇位给我就算完事。"

注:图中"朱梁篡位登大宝"应为"朱温篡位登大宝"。

朝中大臣王殷、赵殷衡与柳璨有矛盾,于是趁机向朱温进献谗言说:"柳璨是找借口拖延时间等待外援,他是想暗中恢复唐室江山啊!"朱温听后对柳璨等人起了杀心。

这时何太后又让柳璨和蒋玄晖替自己向朱温求情,保全他们母子的性命,柳璨和蒋玄晖都含糊答应了。

王殷和赵殷衡又找到机会诬陷蒋玄晖和柳璨等人私通何太后想复兴唐室。朱温本就性情暴躁,这时也不管真假虚实了,直接下令将蒋玄晖、柳璨、何太后等人全部处死。

天祐四年(907年)三月,朱温称家中出现祥瑞之兆,他知道此时正是取代唐室的最好时机,于是命人逼迫昭宣帝禅位,昭宣帝无可奈何只得将皇位让与朱温。

随后,朱温在宰相张文蔚等人的拥护下登基称帝,百官全都恭迎新帝。第二天,朱温又大赦天下,改国号为大梁,并废昭宣帝为

## 3. 朱温篡位

济阴王。

此外，朱温还升汴州为开封府，将它定名为东都，唐朝的东都洛阳则改称西都。

朱温有七个儿子，长子叫朱友裕，接下来的是朱友珪（guī）、朱友璋、朱友贞、朱友雍（yōng）、朱友徽（huī）、朱友孜（zī），加上养子朱友文的话一共就是八个儿子。朱温称帝后也封他的儿子们为王。

登上帝位的朱温高兴得不得了，还特地设家宴，把家中的亲戚全都请到宫中畅饮。喝到酩酊（mǐng dǐng）大醉时，朱温又拿出骰（tóu）子和族人赌了起来，那咋咋呼呼、骂骂咧咧的样子哪像一国之君，看起来就是一个市井无赖。

朱全昱看不惯朱温的样子，直接上前说道："朱三，你本就是个作乱的百姓，后来做了大官尽享富贵，已经算是得偿所愿了，你竟然又起歹心，夺了唐家的江山，如此忘恩负义，我怕朱氏一族将毁在你手里了！"

说完，朱全昱就夺过朱温手里的骰子，一把扔到地上。

朱温当然气急败坏，当下就要与朱全昱拼命，还好家族里的人劝住了他。等到第二天朱温酒醒了，才觉得哥哥的话有点道理，也就没有追究了。

唐朝已经灭亡，梁主朱温传诏四方，不准再用前朝的年号。各镇都畏惧梁主的势力不敢不从，只有晋、岐、吴、蜀四镇不服从诏令，仍然使用唐朝的年号，并且结成联盟讨伐梁主。

晋、岐、吴、蜀四镇已经变成四个小国，其中以晋国实力最强，其次为吴、蜀、岐，它们与梁形成对峙。

## 4. 晋、梁大战

晋王李克用、岐王李茂贞、吴王杨渥、蜀王王建准备联合起来对抗大梁，他们向四方发放檄（xí）文，号召各镇一起讨伐朱温。

当时各镇里势力最大的为吴越、湖南、荆南、福建、岭南五个镇。这五镇的将领见了檄文也没有什么响应，所以晋、岐、吴、蜀四国也不敢贸然发兵。

为何五镇的将领没有响应伐梁的号召呢？原来荆南守将高季昌是朱温一手提拔的，他当然替朱温卖命了。岭南守将刘隐也是因为朱温的缘故才坐上节度使的宝座，他当然不会背叛梁朝了。

吴越、湖南、福建与中原相距较远，他们乐得袖手旁观，而且朱温称帝后格外笼络这些守将，给了他们很多好处，他们早就对梁朝俯首称臣了，哪会响应四国的号召讨伐朱温呢？

除了以上五镇，当时河北还有几个著名的大镇，唐朝末年时已经割据自守了。唐朝灭亡后，成德军、魏博军、卢龙军、义武军已经归顺梁朝，这些大镇当然不会背弃梁朝。

蜀王王建见各镇都没有响应，就写信给晋王李克用，提议各自称帝，李克用拒绝了王建的提议。王建在家踌躇了几个月以后还是没能抵挡住皇帝宝座的诱惑，在蜀中称帝了，立国号为"大蜀"。

岐王李茂贞见王建称帝也心动了，奈何自己地盘太小，没敢称

## 4. 晋、梁大战

帝,只是按皇帝的建制开府置官。

梁主朱温最忌惮晋王李克用,而且两人积怨已久,朱温称帝后立即派大将康怀贞领兵数万攻打晋国的潞(lù)州。

晋将李嗣(sì)昭坚守城池,康怀贞日夜猛攻也未能攻克。于是康怀贞命人在城池四周建起高垒,分兵屯守,想要打持久战。

李嗣昭见情况不妙立即向晋求援,晋王李克用指派周德威为指挥使,让他率领李嗣本、史建瑭等人救援潞州。

康怀贞见晋廷派来援兵,也向梁廷请求援兵。但梁主朱温却怪他无能,降了他的官职,另派亳州刺史李思安来接替康怀贞的位置。

李思安到了潞州城下,又重新修了一道城墙,对内防御冲突,对外抵御晋廷的援兵,他给这两圈堡垒取名叫"夹寨"。此外,李思安还命山东百姓运送军粮,打算长期围困潞州。

晋将周德威不敢轻举妄动，只是与李思安的军队打游击战，害得梁军日夜不得安宁，两军就这样僵持着，谁也奈何不了谁。

李克用又派人攻打晋州、洺州，企图分散梁军的兵力。梁主朱温当然也派出军队抵抗，两方交战那是旗鼓相当，战争从开平元年（907年）秋季一直持续到第二年正月还没有分出胜负。

这半年之中，晋王李克用一直忙于战事，积劳成疾，一病不起。他知道自己无药可救，便招来心腹商议立长子李存勖（xù）为继承人。

李存勖小名亚子，从小精于骑射，胆识过人，李克用很早就看出这孩子与众不同。

李存勖十一岁时，与父亲李克用一起觐见唐昭宗。唐昭宗见李存勖异于常人，摸着他的背说道："他日得了富贵，不要忘了我们李家啊！"因此李克用对这个儿子更加喜爱了。

李克用在临死之前嘱咐心腹好好辅佐李存勖，并对李存勖说："我死后，你处理好我的后事，火速去救援潞州，千万不要丢了潞州！"

说完这些后，李克用又让人取来自己的箭袋，从里面拔出三支箭，每给一支就叮嘱几句话。

第一支让他灭梁，因为晋和梁是世仇；第二支让他扫燕，燕指刘守光，刘守光叛晋降梁不能原谅；第三支让他驱逐契丹，契丹酋长背信弃义与梁通好令人憎恨。

李存勖哭着答应了父亲的遗愿，李克用又用仅剩的几口气对弟弟李克宁说道："以后亚子就拜托你了，你不要辜负我啊！"说完，李克用就去世了，享年五十三岁，李存勖悲痛至极。

李存勖继位之后，李克用的养子们都心有不甘，他们捏造谣言，意图作乱。

## 4. 晋、梁大战

李克用手下有个监军叫张承业,李克用对他有救命之恩,因此张承业对李家忠心耿耿。

张承业见李存勖一直沉浸在丧父之痛中,十分忧心,就对他说道:"最大的孝心在于守住祖宗的基业而不是在这里哭哭啼啼,现在晋朝面对内忧外患,形势不容乐观,请您振作起来主持大局。"

李存勖听了张承业的话这才振作起来,他听闻军中谣言百出,十分忧心,于是找来叔父李克宁商议说:"侄儿年少,现在还没有能力掌控大局,想让叔父担任主帅。"

李克宁拒绝了这个提议,还召集军中将士一同拥戴李存勖为晋王。

李克用的养子李存颢(hào)和李克宁的妻子孟氏却在一旁煽风点火,挑拨离间,他们一个劲儿地劝说李克宁除掉李存勖。李克宁被他们说动,于是让李存颢先去谋划计策。

李存颢与同党商议,决定抓了晋王和他的母亲曹氏献给大梁,然后做大梁的藩国。后来事情败露,李存勖在张承业的劝说下大义灭亲,处死了李克宁、李存颢等人。

这时,唐废帝暴毙的消息传到晋国,李存勖决定尽快出兵伐梁。

梁主朱温见李思安在潞州前线没有什么作为就将他罢免了,另派刘知俊为主帅领兵攻打潞州。守城的李嗣昭带领城中士兵顽强抵抗,坚决不投降。

周德威从潞州回到晋阳后到李克用的灵柩(jiù)前痛哭了一番就去拜见李存勖了。李存勖向他说起了先王的遗命,并命他救援潞州。周德威当即答应前往救援。

接着,李存勖与部众商议带领精兵良将火速赶往潞州,趁梁兵防备松懈之时杀他们一个措手不及。

当李存勖与周德威等人的军队到达夹寨时,梁军毫无防备。梁军的主帅刘知俊还在睡觉,士兵们听闻敌军来袭,都慌忙穿衣穿鞋,整理军械。这时,李存勖等人已经从两路杀来,梁军全都落荒而逃,最终惨败。

梁主朱温得知战败的消息后,惊叹道:"生儿子就得生李亚子这样的,李克用虽死犹生啊!我那些儿子,简直就是猪一样的废物!"

## 5. 李存勖再败梁

周德威等人已经杀退敌军到了潞州城下,他大声呼喊李嗣昭开门,并告知李嗣昭晋王也来了。

李嗣昭不肯相信周德威,还准备射杀他,身边的人连忙劝阻,李嗣昭说道:"我怕他已经投降了,是敌军派来骗我的!"李嗣昭身边的人又说道:"我们可以先求见晋王,再做定夺!"

李嗣昭觉得有道理,就对周德威说道:"我想见一见晋王。"

不久,李存勖来到城下。李嗣昭见他穿着孝服,不禁大哭起来,军中将士也都跟着一起痛哭。李存勖将他们安慰一番后对他们说起了先王的遗言,将士们听后都下定决心完成先王遗愿。李嗣昭也与周德威冰释前嫌。

李存勖领军回到晋阳后开始论功行赏,周德威、张承业等人都得到了丰厚的赏赐。此外,他开始整顿朝纲,国家在他的励精图治下变得强大起来,百姓也安居乐业,晋国一跃成为梁国的头号劲敌。

梁主朱温毒死昭宣帝以后将唐室旧臣一一铲除,接着他又下令迁都洛阳,改称大梁为东都。

正值岐、蜀、晋三国攻打梁国的雍州受阻,又准备联合起来攻打淮南时,淮南却发生了内乱。

淮南节度使杨渥年少袭位，但是却整日饮酒玩乐，不思进取。辅政大臣张颢和徐温二人时常劝谏吴王杨渥好好治理国家，但杨渥根本不听。

时间久了，杨渥与张颢、徐温二人心生嫌隙。尤其是张颢，他担心杨渥会先下手杀了自己，于是他派同党纪祥等人直接暗杀了杨渥，然后当众宣布吴王暴毙。

一时发生这样的变故，众人也不知立谁为王。这时幕僚严可求悄悄对张颢献计说："先王的旧部全都手握兵马，为了避免引起骚乱，您应该暂时拥立幼主，等时机成熟再作打算。"张颢一听有道理，就听从了严可求的话。

后来，张颢等人拥立世子杨隆演为新王，但朝中大权还是掌握在张颢手里。

不久，行军副使李承嗣暗中告诉张颢，严可求有意依附徐温。张颢一早就怀疑徐温另有所图了，于是他立即派刺客去暗杀严可求。不料那刺客见严可求一片赤胆忠心便放了他。

严可求逃脱后立即与徐温密谋除掉张颢，他们邀请钟泰章一起行动。后来，钟泰章与手下的壮士一起杀掉了张颢及其左右数十人，徐温又将纪祥等叛贼一起处死。

这次叛乱终于结束，百姓们也都赞扬徐温是功臣。

此后，徐温和严可求一同辅佐幼主治国，推行善政，吴国也变得越来越富强了。

此时河北也发生内乱，义昌节度使刘守文因为弟弟刘守光大逆不道囚禁父亲，于是带兵前去讨伐他，奈何几次交战都失败而归。

刘守文没办法就贿赂契丹酋长，契丹酋长得了好处立即派两万大军来支援他。刘守文得到支援后士气大涨，即刻率大军出征。

刘守文与刘守光的军队在鸡苏交战，刘守光的军队抵挡不住

## 5. 李存勖再败梁

攻击，连连后退。刘守文却对着士兵大声喊道："不要伤害我的弟弟！"他的话还没说完就被刘守光的部下一箭射伤，刘守光趁机抓住了刘守文。

刘守文的将士失去主帅，一时军心涣散，四处逃散。刘守光命人将刘守文囚禁起来，继而督军攻打沧州。

沧州守将推立刘守文的儿子刘延祚（zuò）为主帅，城中将士齐心抵御刘守光的进攻。刘守光连续猛攻数日也没能成功，于是开始围困沧州城，命人堵住沧州的粮道，切断城内的水源。

双方相持一百多天后，城中的将士和百姓由于缺水缺粮，死伤无数，刘延祚无奈投降。

刘守光取得大胜，得意扬扬地班师回朝了。接着，刘守光派人向梁主告捷，并向梁主请求让父亲告老还乡，梁主答应了他的请求，并封他为燕王。

为了斩草除根，刘守光派人将刘守文刺杀，还大肆杀害沧州的将士。

再说梁国大臣王重师与刘知俊关系很不错，二人曾一起合力击退岐国军队。朱温命令刘知俊攻打邠州时，刘知俊担心不能攻破，就借口缺粮，没有贸然进攻。

梁主朱温怀疑刘知俊另有所图，便召他回朝。刘知俊正准备赶回洛阳时，却听闻好友王重师被灭族的消息，他害怕得不得了。

后来，刘知俊在弟弟刘知浣（huàn）的鼓动下背叛了梁国，归附了岐王李茂贞。朱温派人前去召回刘知俊，但刘知俊并没有理会。

朱温见刘知俊不肯听命，于是派杨师厚等人前去讨伐。刘知俊被打个措手不及，只好去投奔岐王。岐王给刘知俊拨了几千人马，让他攻打灵州。灵州城被围困，朱温派康怀贞等人领兵前去

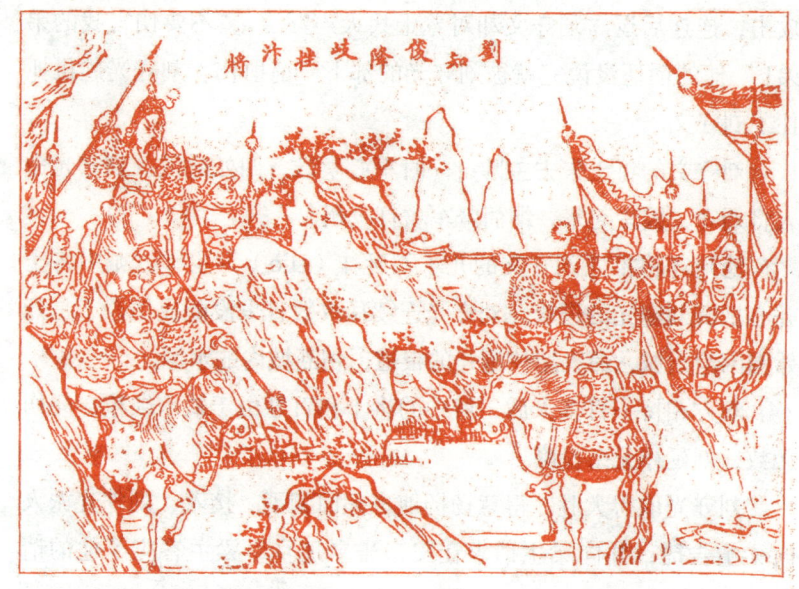

救援。结果康怀贞等人战败而归,朱温得知战败消息后,惆怅了好几天。

刘知俊得胜后赶忙向岐王报捷,岐王封刘知俊为彰义军节度使,镇守泾州。

成德军节度使赵王王镕(róng)的祖母去世时,晋国也派去使者慰问。梁主朱温知道这件事以后疑心大起,暗中派人攻打赵王。

不久,王镕管辖的深、冀两州都被梁军夺了去。王镕这时开始慌了,他立即四处求援。

燕王刘守光已经依附梁朝了,他当然没有出兵援救。晋国与梁国本就是仇敌,晋王李存勖收到王镕的求救信以后毫不犹豫地派周德威领兵前去援助。

梁主朱温听闻晋军援赵,也派王景仁等人带领十万兵马进军镇州,扎营在柏乡。见梁军队伍庞大,李存勖又亲率大军与周德威合

## 5. 李存勖再败梁

军在野河驻扎。

晋梁两军只相隔五里，李存勖派周德威率兵挑战，梁兵坚守不出。周德威又派人痛骂梁军，这下惹恼了梁军副使，他们立即出兵迎击晋军，晋军一边战一边往回退，擒获了几百名敌军。

随后，李存勖在老将周德威的建议下率兵退守高邑。当时正好是寒冬，两军暂时休战了一段时日。

到了第二年正月，晋军开始派骑兵骚扰梁军大营，可梁军就是闭门不出。周德威见状派骑兵来到梁军寨门前大声辱骂梁主朱温及各个将领，大约骂了一两个时辰，梁军终于开门迎战了。

周德威等人将梁军引到野河后先渡过了河上的浮桥，晋将李存璋带着士兵守着浮桥阻止梁军通过。

两军在浮桥上厮杀了许久不分胜负。周德威又建议李存勖等到梁军饥渴交迫时再给他们致命一击，李存勖点头同意。

最后，周德威领着精锐骑兵将梁军杀了个落花流水，梁军惨败。

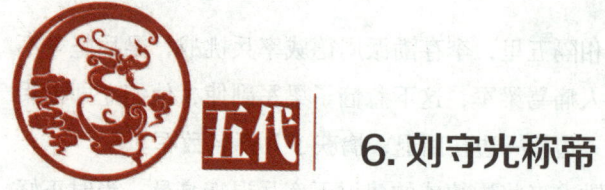

# 6. 刘守光称帝

燕王刘守光之前不肯救援赵王,就是想看鹬蚌(yù bàng)相争,自己坐收渔翁之利。但他没料到晋军竟然大破梁军,现在后悔也来不及了。于是刘守光又动起歪心思,他想趁晋国空虚之时搞偷袭。

刘守光先写信给赵王王镕,打算离间晋国和赵国,没想到王镕转手就把信交给了李存勖。

李存勖看了信以后对部下说道:"刘守光之前不肯发兵救赵,现在看我们战胜了梁军,又跑来离间我们,真是可笑!"

随后,李存勖与部下商议先灭了刘守光,以免他从背后偷袭,然后再专心南讨大梁。于是李存勖下令班师回赵州,赵王王镕亲自出门迎接晋王,并大摆宴席犒(kào)劳众将士。

晋王李存勖留下周德威等人驻守赵州,自己则领着大军返回晋阳。

梁主朱温看晋军撤退了,就派杨师厚屯兵邢州,另外又派李振为魏博节度副使,率军进入魏州。

王镕听说梁主向魏博军增兵大惊失色,又给晋王写信相约一起议事。这次会面,王镕与李存勖谈得很愉快而且还定下了娃娃亲,晋赵的关系更进一步。

刘守光得知晋王已经率军回朝后,就打消了偷袭晋国的念头。

## 6. 刘守光称帝

但他又派出使者，要求王镕尊他为尚父。

王镕就把这件事告诉给李存勖，李存勖答复王镕先假意尊刘守光为尚父，再趁他得意之时攻其不备。义武节度使王处直也依葫芦画瓢，同意推荐刘守光为尚父。

刘守光大喜，于是上表梁廷说各镇都推荐他做尚父，希望陛下可以封他为河北都统。梁主朱温心里嘲笑刘守光狂妄愚昧，但想这些封号也就是个虚名，就点头同意了。

哪知刘守光的欲望更大了，竟然想要称帝。他对着属下狂妄地说道："尚父这个头衔我不稀罕了，你们快去给我选个好日子，我要做大燕皇帝！"

从这以后，刘守光穿着龙袍，作威作福，神气得不行。凡是违背他意愿的人，都会受到严刑拷打，下场非常惨。

刘守光身边的大臣孙鹤看不下去了，时常劝谏刘守光不应该称帝。刘守光被他惹恼，直接将他处死。

几天以后，刘守光称帝，国号为"大燕"。他还强迫被他抓起来的梁国使臣向他称臣。

很快，刘守光称帝的消息传到了晋王李存勖耳朵里。李存勖大笑着说道："不出今年，我一定将刘守光灭掉！"晋国大臣张承业建议晋王派使者前去祝贺一番，好让那刘守光更加得意忘形。

于是，晋王就派使者李承勋出使燕国。由于李承勋不愿臣服刘守光，刘守光竟然恼羞成怒，派人将他斩首了。

晋王听说这件事后大怒，立马检阅军队准备讨伐燕国，但是对外宣称是南征梁国。

这时的梁主朱温因身体不适，无心处理朝政，就是刘守光称帝这事，朱温也没有追究。七八月份的时候，朱温为了避暑，来到河南尹张全义家中休养了一段时间。

突然，有人报告朱温晋、赵联军将要南下了。朱温二话不说又想出些风头，再次御驾亲征了。

可途中一会儿报告说晋军来了，一会儿报告说晋军没来，朱温几番奔波之后，仍不见有敌军来。他火冒三丈，对手下犯小错的功臣宿将，不是杀死，就是斥逐，军中的将士都战战兢兢（jīng jīng）的。朱温在舟车劳顿后旧病复发，回到洛阳养病。

这时曾被派往燕地的梁国使者史彦章回到洛阳，这次他回来是代替刘守光向梁主求救来了。

史彦章本是叛国之人，可他却对朱温说道："臣服刘守光，目的就是劝说刘守光不要背叛大梁。现在幽州十分危急，梁国要是坐视不管，河北之地恐怕再也不属于大梁了！"

他还带来刘守光的表文，文中言辞大多是悔过和乞怜的意思。这又激起了朱温的好胜心，他立即召集军队亲自出征。

梁国大军到了怀州休整片刻之后准备进军魏州，梁主朱温兵分

## 6. 刘守光称帝

两路，一路人马围攻枣强县，一路人马围攻蓚县。

两路军队同时出发，朱温则在军营中静候佳音。不料这时有人来报："晋军来了！晋军来了！"

朱温一听，吓得仓皇失措，急急忙忙带着数百名亲兵逃往杨师厚的军营。实际上晋军没有来，那只是晋军派出去的几百名侦察兵。

杨师厚带领一路人马来到枣强县，连着攻了好几天也没能攻破，枣强城虽小，但是城中的赵人却很顽强，他们面对梁军的强攻拼死抵抗。

不久，城中的弓箭和炮石所剩无几了，守将商议着是否投降。这时，一位小兵自告奋勇地说："我愿诈降，杀了他们一两个大将，兴许能解围呢！"可惜这位小兵的计划失败了，最后被梁兵乱刀砍死。

朱温令杨师厚三日内攻下枣强城，杨师厚带领将士日夜猛攻，终于拿下枣强。梁军入城后，展开了血腥大屠杀，转眼间枣强城变成了一座血城。

与此同时，贺德伦等人带领另一路人马进攻蓚县，蓚县是赵州的属地，现在由李存审等人驻守。

李存审等人见梁军来势汹汹，自知无力抵抗，便想出一条妙计吓退了梁军。李存审将手下的士兵分为五个小分队，命他们四处抓捕梁兵，没多久就抓住了一两百人。

李存审下令杀掉大部分梁兵，只留下几个活口，然后砍掉这些人的手臂让他们回去禀告朱温，就说晋国的大军已经来了。

这些断臂的梁军回去之后将李存审的话转述给朱温，朱温当然也担心晋军真的会来，于是决定与贺德伦分营驻扎。

到了傍晚，贺德伦这边的军营就出现骚动了。军营外突然起了大火，烟雾漫天，噪声大作。贺德伦严禁各军轻举妄动，过了一两个时辰以后，噪声慢慢散去，贺德伦清点士兵之后发现少了一两百名士兵。

梁主朱温这边又来了几个断臂的士兵,他们大喊:"晋国大军已经来了!贺德伦的军营已经沦陷了。"梁主朱温非常惊慌,他来不及查明真假就带领士兵逃跑了。

贺德伦听说梁主已经逃走,也下令退军了,随后查探一番才知道此次中了诡计,十分羞愧。

朱温得知自己上当后忧愤交加,病情也加重了,随即下令各军陆续撤军。

晋将李存审那日斩杀了一两百梁卒后,就让自己的士兵换上梁卒的衣服,混进贺德伦的营前。冒充梁兵的晋军在梁营放火射箭,喊杀连天,乘机又捕得了几十个梁兵,砍掉他们的手臂,让他们去吓唬梁主。

区区几百名晋军就吓退了七八万梁兵,晋军全军欢呼雀跃,大赞李存审的妙计。

# 7. 朱温之死

朱温退兵之后回到洛阳，经过一段时间的休养，他的病情稍稍好转。

一次，朱温趁着酒兴在九曲池中泛舟，九曲池水不深，乘坐的船也很大，本来是没什么危险的，不料一阵怪风吹来，竟然把船吹翻了。朱温掉进了池子里，幸好有随从相救才没被淹死。

这次经历让朱温胆战心惊，夜夜失眠。那时，燕主刘守光屡战屡败，多次派人向朱温求援。但朱温病得非常严重，根本没有精力顾及别人，他现在一心就想把身子养好，多活几年。

这些年岐国和蜀国的关系逐渐恶化，经常发生战争。岐国和蜀国本来是结为姻亲的，蜀主王建的女儿嫁给了岐王的侄子李继崇，两国关系还算和睦。

岐王见蜀国富有，经常派人向蜀主求取钱财和货物。蜀主非常慷慨，对于岐国的要求算是有求必应。哪知这厚颜无耻的岐王竟然还要求蜀国割让巴、剑二州。

蜀主王建忍无可忍地说道："我对待岐国已经仁至义尽了，他们索要钱财还嫌不够，竟然还要地！我要是割地给他们，那不是抛弃我蜀国百姓吗？我宁愿多给钱财也不能割地。"于是蜀主派人给岐国送去了大量丝茶布帛。

岐王因求地不成,心中很是不悦。他的侄子与蜀主的女儿也经常争吵,两口子逐渐反目成仇。蜀国公主待在岐国受尽委屈,她派人将自己的处境告知给蜀主王建,蜀主立即派人将女儿接了回来。

岐王听说儿媳妇偷跑回娘家,当然气急败坏,立即发兵攻打蜀国,两军交战数次,各有胜负。

梁主朱温一直卧病在床,身体一天不如一天。博王朱友文虽说是朱温的养子,但是却深受朱温的喜爱,朱温待他比亲儿子都好。

朱友文的妻子王氏,生得貌美如花,朱温垂涎王氏的美貌,竟然将她召入宫中。那王氏仗着朱温对她的宠爱,让朱温立朱友文为太子。梁主朱温本来就很看重朱友文,加上对王氏的宠爱,自然答应了王氏的要求。

但宫中还有一方势力与朱友文他们对着干,那就是朱温的另外一个儿子朱友珪与妻子张氏。

张氏得知朱温正秘密派遣王氏回东都召朱友文前来安排后事,立即将这个消息转告给朱友珪,并且哭着对他说:"皇上这是要将皇位传给朱友文啊!要是他们夫妻得势,我们肯定小命难保了。"

朱友珪听了这话,吓得目瞪口呆,他看见妻子大哭不止,自己也流下两行泪来。

这时,朱友珪的仆人冯廷谔(è)突然说道:"大王想要活命就得趁早打算,难道哭就能解决问题吗?"朱友珪听了他的话思考了片刻,就把冯廷谔拉到内室,商议对策。

忽然,朱温下令将朱友珪调为莱州刺史,朱友珪更加惊慌了。

冯廷谔对朱友珪说道:"近来被贬的官员,多半都被杀害了,事情已经到了危急关头,大王您若还不做点大事,就只能等死了。"

于是朱友珪立即行动,他拉拢了禁军统帅韩勍(qíng)加入自己的阵营。随后,韩勍的人马和朱友珪一起混入宫中,他们趁夜深

# 7. 朱温之死

人静时斩杀了守门的侍卫，闯入朱温的寝宫。

朱温的侍从全都被吓跑了，只剩朱温一人躺在床上。他听见喧闹声急忙揭开帷帐，看见朱友珪后便大声呵斥道："我早就怀疑你这个逆子了，真后悔没有早点杀了你！你这个逆贼啊！逆贼！你杀害你的父亲，老天爷不会放过你的！"

朱友珪也愤怒地说道："你这个老贼就该碎尸万段！"随后，冯廷谔拔剑刺向朱温，朱温绕着柱子逃跑，接连躲过三次击杀。

怎奈朱温有病在身，他绕着柱子跑了三圈之后就头昏眼花，一下子倒在床上。冯廷谔走上前去，一剑刺入朱温腹中，朱温狂叫一声后就毙命了，享年六十一岁。

朱友珪见朱温已死，立即命人把他的尸体藏到床底下，秘不发丧。接着，他又派人杀掉了朱友文及其妻子王氏。

随后，朱友珪发布伪诏，称朱温临死之前已经将皇位传给自

己，并将朱温草草入殓（liàn）。他也在朱温的灵柩前登基称帝。

称帝之后，朱友珪特别封赏了韩勍，韩勍劝说朱友珪多拿点钱财赏赐诸军，收买人心。朱友珪照做了。诸军将领得了赏赐，自然满心欢喜，也没人反对朱友珪了。

内廷将领已经被朱友珪笼络，但是外镇的将领却不服朱友珪。梁国大将杨师厚独霸一方，朱友珪十分忌惮他的势力，特别封杨师厚为天雄军节度使。

护国军节度使朱友谦，年少时是个强盗，后来归附了朱温，被封为冀王，现在镇守河中。他听说朱温的死讯后察觉到事有蹊跷，哭着对手下说道："先帝辛辛苦苦数十年才得此基业，我现在因镇守一方未能赶去讨伐逆贼，真是一大恨事！"

不久，朱友珪派人传诏朱友谦入朝。朱友谦对使者说道："先帝驾崩后，谁当了皇帝？我正要前去问罪，他还敢来召我回朝？"

随后，使者就将这事报告给朱友珪，朱友珪立即派韩勍率军讨伐朱友谦。

朱友谦自知不是梁廷的对手，立马投靠了晋国，并向晋王求援。晋王李存勖急忙领兵支援，大破梁军，韩勍失败而归。

就这样糊糊涂涂过去半年，均王朱友贞已经接替了朱友文的位置，做了东都留守，他对朱友珪一直心存芥蒂。

一次，朱友贞宴请驸马都尉赵岩。这两人本是至亲，朱友贞问赵岩："先帝到底是怎么死的？"赵岩将朱友珪弑父一事和盘托出。

接着两人商议拉拢手握重兵的杨师厚，于是朱友贞立即派心腹马慎（shèn）前去说服杨师厚。最终，马慎一番花言巧语成功说服了杨师厚，杨师厚又拉拢了龙虎军统领袁象先一同起事。

朱友贞又利用伪诏说服了朱温的随从军龙骧军讨伐朱友珪。最终几路大军联合起来消灭了朱友珪等人。

## 7. 朱温之死

朱友贞在众人的拥护下登基称帝，他重重赏赐了杨师厚、袁象先等有功之臣。梁主朱友贞登基后的第二年改名为朱瑱。

# 8. 燕国灭国

刘守光称帝之后野心勃勃，还想吞并邻镇扩大自己的地盘。于是他派兵攻打易州和定州。

易州和定州是王处直管辖的地方，王处直打不过刘守光，便向晋国求援。晋王李存勖正想攻打燕国，于是他立即派周德威等人领兵前往定州救援。

周德威等人一路攻下岐沟关和涿州，大军来到幽州城下。刘守光本来向梁主朱温求救，哪知那朱温被晋将李存审设计吓跑了，幽州城没了救兵，只能誓死严守了。

那幽州城墙高大坚固，想要攻下可不容易，周德威这边士兵太少，难以攻城，又向晋王李存勖乞求支援。

晋王李存勖即刻派李存审等人前去支援周德威。周德威等来了救兵，士气大增，他派人在城外建起堡垒，准备打持久战。刘守光见自己被晋军包围，心里更加害怕了。

燕国有一名大将叫单廷珪，素来骁勇善战，极力请求出战。刘守光答应了他的请求，让他带领一万精兵开城迎战。

这个单廷珪还是有些厉害的，他一声狂呼，领着大军径直冲向晋兵。晋兵见燕军来势汹汹，只好退守龙头冈。单廷珪看见周德威就对部下说道："我今天一定要活捉周德威！"接着，单廷珪手持

## 8. 燕国灭国

长枪，朝着周德威杀去。

周德威久经沙场，经验丰富，他假装胆怯，掉转马头往山冈跑去。单廷珪在后面追赶，一枪刺向周德威。周德威灵活躲过，顺手拿出铁锤朝着单廷珪的马头击去。

那马疼痛难忍，从山坡滚下，单廷珪也从马上摔下，被晋军活捉了。燕兵见主将被抓，全都慌忙退回去了。晋军乘胜追击，斩杀三千多名燕兵，其余的燕兵逃回城中。

这一战过后，全城燕兵的士气跌到了谷底。

周德威斩杀了单廷珪后，又分兵攻下顺州、檀州和居庸关。刘守光急得焦头烂额，多次派人向梁国求助。可梁国此时发生内乱，哪里顾得上燕国。

求人不如求己，刘守光只能想法子自救，他一面命大将元行钦在河北招兵，一面命骑将高行珪出守武州，作为外援。

晋王李存勖派李嗣源攻打武州，双方交战之后，高行珪战败，向李嗣源投降。

元行钦听说武州失守，急忙带兵攻打武州。他与李嗣源交战八次全都战败了，最后也向李嗣源投降。李嗣源非常欣赏元行钦的英勇，就将他收作义子。

周德威这边围攻幽州已经一年多了，两军一直相持着，周德威也将幽州四周的燕兵消灭得差不多了。

刘守光自知幽州支撑不了多久，就派人向周德威求和。周德威笑着对来使说道："大燕的皇帝还没效天，就这般窝囊啊？我只奉命来讨伐刘守光，其他的事情一概不管，你回去转告燕帝，休想乞和。"

使者回去转述了周德威的话，刘守光更加害怕了，他又派使者带着金银布匹向周德威求和，周德威再一次严词拒绝。

刘守光已经无计可施了，踌躇了好一阵，突然听见晋军攻城的喊声，只好硬着头皮登城指挥。

不久，平州、营州等地已经向晋投降。刘守光急中生智，假冒晋军进入顺州后斩杀了守城士兵，攻占了顺州。随后，刘守光又转攻檀州，周德威急忙领着大军与刘守光交战。结果，晋军大胜，刘守光带着残兵败将逃回幽州城。

回到幽州的刘守光坐立难安，又给晋国大臣张承业写信，表示愿意投降。张承业深知刘守光为人狡猾，拒绝了他的请求。

此时的刘守光心想除了投降别无他法，他又多次派人向周德威乞降，周德威坚决不同意。

刘守光又登城对周德威说道："我已经走投无路了，只求将军网开一面，等你们晋王到了，我便开门迎接，俯首听命！"

周德威让张承业回去将刘守光的意思转告给晋王。随后，晋王李存勖来到幽州城下，对刘守光说道："成败乃兵家常事，你现在必须做出一个选择！"

刘守光痛哭着说："如今我已经是瓮中之鳖（biē）了，现在全听大王发落！"

晋王对刘守光起了怜悯之心，随即折断弓箭，对他发誓说："你只要出城相见，我保证你性命无忧！"

刘守光听晋王这样说，觉得晋王是一个心软好欺负的人，便含糊说道："投降的事改天再说吧！"

晋王李存勖见刘守光没有诚意投降，于是督促周德威立即攻城。

当天晚上刘守光的近臣李小喜跑到晋军大营投降，还告知晋王幽州城内已经弹尽粮绝。

第二天一早，晋军就开始攻城，燕兵毫无反抗之力，很快便战

## 8. 燕国灭国

败了。刘守光已经带着妻儿逃出城,他的父亲刘仁恭被晋军抓住,刘氏三百多名族人也来不及逃跑而被擒。

晋王李存勖立即派人追捕刘守光。刘守光一行人逃到一户农民家中,这农民假意收留了他们,接着暗中派人向晋军通报。晋军飞奔而来,抓住了刘守光一行人。

刘守光临刑之前还在不断哀求,直到一刀毙命后方才安静下来。刘仁恭及其刘氏三百多名族人也全部被处死。

晋王李存勖被王镕与王处直推举为尚书令,随后他模仿唐太宗,开府置官。晋王又派李嗣源与周德威一同攻打梁国的邢州,结果晋军因前锋失利,引军撤回。

再说吴国,自从杨隆演嗣位后一直由大臣徐温辅政,可以说朝政大权都掌握在徐温手里。杨行密的几位老将刘威、陶雅、李遇等人对徐温心生不满。

徐温先是除掉了李遇，又用尽手段笼络了刘威、陶雅二人。徐温与儿子徐知训牢牢掌控吴国朝政，当时在淮南，徐氏父子的名声比吴王杨隆演的名声都响亮。

梁主朱友贞看见吴国气势正盛，正想方设法遏制吴国。朱友贞见荆南节度使高季昌有称雄的志向，就封他为渤海王。

高季昌得封后气焰更盛，他得知蜀国正发生内乱，随即开着战船攻打蜀国的夔州。

夔州刺史王成先出兵迎战，两军交战一番，高季昌的军队大败，他也带着散兵狼狈逃走了。

## 五代 | 9. 梁晋交战

天雄军节度使杨师厚晚年的时候拥兵自重,梁主拿他也没什么办法。还好他没活多久就去世了,梁朝官员都暗自庆贺。

杨师厚去世以后,梁朝大臣请奏梁主朱友贞将天雄军一分为二,以削弱他们的兵权,梁主朱友贞欣然接受了这个建议。

于是,梁主任命贺德伦为天雄节度使,掌管魏州、博州、贝州三州,任命张筠(yún)为昭德节度使,掌管相州、澶州、卫州三州。梁主害怕魏人心有不满,另派开封尹刘鄩(xún)领兵六万,自白马顿渡河,防止天雄军生变。

贺德伦到了魏州后,按照梁主的命令将原来的将士分一半到相州,但是魏兵不愿与亲人分离,全都抱怨连连。

贺德伦害怕天雄军发动叛乱,随即向刘鄩禀告,刘鄩立即派王彦章领军前往魏州以震慑天雄军。

天雄军感到无比害怕,他们聚在一起商量一番后决定反抗朝廷,于是当天夜里就放火作乱,围住了王彦章的军营,王彦章拼尽全力逃脱了。

接着,乱兵又把贺德伦擒住,逼迫贺德伦向梁廷请奏恢复旧制。梁主收到消息后大惊,急忙派人前去安抚魏军,但坚决不同意恢复旧制。

乱军首领张彦愤怒万分,他对着贺德伦说道:"天子愚昧,听信谗言,我们目前难以和朝廷对抗,只有投靠晋国,寻求外援,才能保全性命。"贺德伦为了保命只好向晋国投降。

晋王收到贺德伦的降书后,立即亲率大军东下与李存审会师。后来,贺德伦又派心腹前往晋军大营,向晋王说明了此事的前因后果,并对晋王说道:"除乱当除根,张彦凶狠狡诈,不可不除啊!"

晋王听后觉得很有道理,于是他召张彦等人来到军营,并趁机杀死了他们。

一天后,晋王率大军来到魏州,贺德伦立即率领将士出城迎接。随后,晋王调贺德伦为大同节度使,自己亲领天雄军。

晋王在魏州整顿叛乱,安抚百姓,深得人心。接着他又派军攻打德州和澶州,梁将王彦章逃到了刘鄩的军营。晋王派人前去招降王彦章,但被他拒绝,晋王一气之下将王彦章的家人全部杀害了。

不久,刘鄩领兵进军魏县,晋王派军抵抗。晋王李存勖向来喜欢冒险,直接带着一百多名骑兵奔向刘鄩的军营,结果中了刘鄩的埋伏。危急之际,李存审带着援军赶到,击退了梁军,晋王这才逃过一劫。

在这次袭击中,晋将夏鲁奇奋勇杀敌,掩护晋王有功,晋王对他好好赏赐了一番,还给他赐名李绍奇。

刘鄩大军回到魏县,一连数天都不出来。晋王派人查探后猜测刘鄩正率军偷袭晋阳,于是火速派人追赶刘鄩大军。

哪知,刘鄩大军到达乐平后,军粮已经吃完,又听说晋阳城已经严阵以待,身后还有晋军的追击,刘鄩一下陷入两难,惊慌失措。安抚好军心以后,刘鄩准备偷袭临清,断了晋军的粮道。

晋将周德威听说刘鄩要袭击晋阳,立马率军前往救援。一路上周德威抓住了十几个刘鄩派出的间谍,砍下了他们的手臂,并让他

## 9. 梁晋交战

们传话给刘鄩:"周德威的大军已经到达临清了!"

刘鄩听后按兵不动,谁知道第二天傍晚,周德威的大军才到达临清,刘鄩这才知道中了周德威的诡计,悔恨不已。

接着,刘鄩又改变计划引兵到贝州。周德威追击刘鄩,两军交战,各有损伤。刘鄩又领军来到莘县,晋王李存勖也带着军队驻扎在莘县的西边,两军交战数次也没分出胜负。

梁主朱友贞见刘鄩军队劳师费粮,再三催促刘鄩速战速决。刘鄩无奈与众将士商议,将士们齐声说道:"总要与晋军决出胜负的,这样拖下去也不是办法。"

刘鄩无奈摇摇头,私下对亲军说道:"主上昏庸,大臣阿谀(ē yú)奉承,将士骄纵懈怠(xiè dài),看样子我们要死在这里了!"

随后,刘鄩领军与晋军交战,结果损失了一千多名士兵。刘鄩收兵回到城内坚决不出战,他还向梁主详细汇报了目前的战况,并

请梁主不要催战。

梁主朱友贞的弟弟康王朱友孜,派人暗杀朱友贞,结果行动失败,事情败露后梁主将朱友孜斩首。

此后,梁主开始猜忌宗室兄弟,并重用赵岩及爱妃张妃的兄弟,赵岩等人仗着受宠,卖官鬻(yù)爵,谋害旧臣,朝中大臣全都心灰意冷。

刘鄩这边面对晋军的数次挑衅仍旧不出战。晋王李存勖留下李存审看守大军,并扬言要返回晋阳。

刘鄩觉得机会来了,派出大将杨延直带军偷袭魏州。杨延直带着军队半夜来到魏州城南,他以为城中没有防备,就慢慢地安营扎寨。结果突然蹿出一队人马,个个膘肥体壮。当时正是深夜,杨延直没法判断有多少敌军,只好带军撤退了。

第二天凌晨,刘鄩率军与杨延直会师,他们正准备督军攻城,突然晋军大将李嗣源带着士兵开门而出。

于是两军展开大战,一时杀得难解难分。这时,贝州路上杀出一路大军,领军的正是晋王李存勖。刘鄩大吃一惊,说道:"晋王不是撤军了吗,难道又被他骗了?"

随后,刘鄩大军被晋王、李嗣源和李存审几路军队围攻。刘鄩大军抵抗不住,纷纷溃散,刘鄩杀出重围带着几千人逃到滑州。

梁主朱友贞在大臣的建议下发兵偷袭晋阳,大将王檀带领三万将士悄悄来到晋阳城下。果然,城中没有设防。

晋国监军张承业立即调动城内士兵和百姓坚守。王檀日夜猛攻,晋阳士兵快要抵挡不住了。这时候,有一退休的老将主动请缨,带领将士袭击梁军大营,梁军还真被他们吓退了。

过了一天,李嗣昭率领军队来到晋阳救援。张承业大喜,急忙开城迎入救兵。王檀害怕晋军的援军越来越多,无法抵抗,于是率

## 9. 梁晋交战

领大军撤退了。那时,梁国降将贺德伦还在晋阳,张承业担心他会叛变就把他杀了,晋王没有怪罪张承业。

梁主听闻刘鄩战败,王檀无功而返,非常失望,忍不住叹息道:"梁国大势已去啊!"

接下来,晋国接连攻下卫州、磁州、洺州等地,河北一带逐步被晋国纳入版图。

# 10. 阿保机称帝

中国的北方地区，一直是外族人居住的地方。唐朝初期时，突厥（jué）的实力最强，到了唐末，契丹最为强大。

契丹族趁唐朝衰败之时不断扩张领土，从而成为北方的强国。契丹国又分为八个部落，每个部落各有酋长管治，然后从酋长中推举一人为领袖，统管八部，三年为一任，任期一到自动退位。

唐朝末年，阿保机被推举为八部统领，他善于骑射，谋略过人。阿保机还充分利用汉人的能力与智慧壮大自己的国家，他抢夺汉人让他们耕种土地，几年后庄稼得到大丰收，人口得到了繁衍。

于是阿保机开始修建城池，并且在城中设立集市，他还效仿幽州制度，设置官吏，这座新城被称作汉城，汉人在这里安居乐业，也不想着回中原了。

阿保机听汉人说，中原的君主历来都是世袭制的，没有换着当的事。他当然也想长久做统领，于是就威慑各部，不肯离任。

转眼间过去了九年，各部的酋长对阿保机非常不满，时有怨言。

于是阿保机通告各部说："我在位九年，抢夺了数万汉人，他们现在都住在汉城。我愿意自成一部去做汉城的首领，不再统领八部了，你们觉得怎么样？"

## 10. 阿保机称帝

各部的酋长全部高兴地答应了。阿保机立刻搬到汉城居住，他不停地训练士兵，制造兵器，四处攻占土地。

阿保机曾经率兵攻打汉城西边的党项部落，没想到东方的室韦部落趁汉城守卫空虚，派兵攻打汉城，一时间城内人心惶惶。

这时，城中出了一个女英雄，她披甲上阵，带领将士击退了室韦部落，还缴获无数兵器。这女英雄是谁呢？她就是阿保机的妻子述律氏。述律氏是一位有勇有谋的女子，帮助阿保机打了不少胜仗。

后来，述律氏又为阿保机献计除掉了八个部落的酋长，各部失去了主子，谁还敢反抗呢？他们都对阿保机俯首听命，并一致拥戴他为国主，阿保机因此成功统一了北方各部。

当时的晋王李克用听闻梁将要篡（cuàn）唐，就派人联系阿保机，想要与他结为同盟，一起声讨梁。阿保机爽快答应了邀约，并

率军三十万与李克用会合，两人结为兄弟，一同攻梁。

没想到梁夺取大唐江山以后，阿保机竟然背信弃义，给梁送去名马貂皮请求得到封册。梁主朱温承诺阿保机灭了晋阳后，就给他封册。

李存勖攻打燕国时，燕王刘守光派参军韩延徽去说服阿保机派兵支援。阿保机不肯答应，还扣留了韩延徽。后来，阿保机善待韩延徽，韩延徽成为阿保机的参谋。

在韩延徽的帮助下，契丹变得更强大了。阿保机更是改元称帝，并且以居住地名为姓，翻译成汉文便是"耶律"二字。

一段时间后，韩延徽偷偷回到幽州探视家属，并且去晋阳拜见了晋王。晋王将他留下来，让他担任掌书记一职。

后来晋王身边有人告诉他韩延徽反复无常，不可信赖，晋王也对韩延徽生了疑心。

韩延徽洞悉了晋王的心思后，又回到了契丹。阿保机见韩延徽回来，如获至宝，十分高兴，随即任命韩延徽为相。韩延徽又写信给晋王，希望晋王可以好好善待自己在幽州的母亲。晋王答应了他的请求。

后来，契丹大举南侵，晋将李嗣本战败被活捉。这时，新州的守将卢文进也叛逃到契丹，还带领契丹兵占据了新州。

晋王听到这些消息，立即派周德威领兵三万抵御契丹。周德威到了新州城，见契丹兵个个精悍无比，料定打不过敌军，打算退兵。

正退到半路时，就听见契丹兵追了上来，周德威大军继续往后退。可契丹兵速度太快，很快追上了周德威的军队。两军交战后，周德威军队死伤无数，最后几千士兵掩护着周德威逃回了幽州。

契丹兵一直追到幽州城，他们与周德威相持了一百多天。晋将

## 10. 阿保机称帝

李嗣源、李存审等人奉晋王之命领兵前来支援幽州。

契丹主阿保机见幽州久攻不下，就班师回朝了，留下部将卢国用继续攻城。卢国用中了李存审的计，损失了一万多士兵，十分懊悔。

晋王听说契丹败北的消息后，又打算攻打梁国了。这时候正是天寒地冻之时，河水已经结了冰。晋王高兴地说道："我与梁国仅仅一江之隔，不宜出兵，现在河水结冰，不是天助我也吗？"于是他即刻赶赴魏州，调兵南下。

梁将刘鄩因失守河朔被贬为亳州团练使，河北更无人可以抵挡晋军了。晋王带着士兵渡河，直抵河南的杨刘城。不久，杨刘城就被晋军攻下。

贞明四年（918年），梁主朱友贞召集近臣商议想要发兵收复杨刘城。梁相敬翔上奏说："现在最好的办法是向那些老臣请教，寻求良策，否则后患无穷啊！"

过了几天，梁主令河阳节度使谢彦章领兵攻打杨刘城。晋王得知这一消息后急忙领兵赶到河上。谢彦章命人打开河堤，放出洪水，以抵挡晋军。

晋王李存勖带着一部分将士先行渡水，其他的将士紧随其后，不一会儿就来到了岸边。晋军连着进攻了好几次都被谢彦章的军队击退。

这时，晋王心生一计。他带着兵马退到河中间，梁兵立刻追击他们。晋王又下令全体将士反身杀敌。谢彦章的军队全被晋军冲散，溃不成军。晋王指挥将士一阵厮杀，谢彦章战败仓皇逃走，滨河四寨被晋军攻克。

随后，晋王打算乘胜追击，一举灭了梁国。他四处征兵，派遣几路大军在魏州会师，并召开了誓师大会，鼓舞众将士。

梁主也立即派谢彦章等人驻守在州北的行台,但是不出战。晋王多次发兵诱敌,梁军始终不出战。

晋王被惹急了,带着骑兵深入敌营,李存审等人苦心劝谏晋王不可冒险,晋王仍旧一意孤行。后来,晋王中了敌军的埋伏差点丢了性命,这才听了李存审的忠言。

转眼间两军相持已经过了一百多天,晋王又暴躁起来了,打算与梁军一决胜负。这时梁军大营出了乱子,晋将谢彦章被怀疑与晋军私通,被梁招讨使贺瓌(guī)先斩后奏了。

晋王听说谢彦章被杀,觉得有机可乘,于是决定带大军进攻梁都,逼迫梁军出门交战。

晋军走到胡柳陂,梁军已经从后面追击了。晋将周德威劝晋王按兵不动,等待时机再出战,晋王不肯听从坚决出战。最后,周德威父子竟然战死在乱军之中。

## 11. 吴国内忧外患

周德威一死，晋军士气大减，晋王李存勖只好退军占据一处高地，收集散兵。梁将贺瓌也占据一座土山，打算与晋王决一死战。

晋将见梁军气势正盛，纷纷劝谏晋王收兵还营，唯独阎宝极力劝说晋王千万不能退兵，否则河北之地很有可能会失守。

晋王听了他们的意见摇摆不定，不知道是退是攻。这时，大将李嗣昭与王建及都向晋王请战，想一举歼灭敌军。晋王见他们斗志昂扬，兴奋地说道："如果不是你们，我恐怕要误了大事啊！"

接着，晋王命李嗣昭等人率军直冲敌军大营，自己则率军在后面跟进。果然，晋军攻来时，梁军毫无防备，四散奔逃，贺瓌也骑马逃走了，梁军阵亡了三万多将士，晋军也死伤不少。

晋王又听闻周德威父子战死，十分悔恨伤心，接着他带着大军回到魏州，并派李嗣昭暂管幽州军府事。梁主朱友贞听说贺瓌兵败很是惶恐，后听说晋军已经北归，这才稍稍安心下来。

当初晋王准备攻打梁国时，曾派使者去吴国，约吴国南北夹攻梁国。吴王杨隆演命徐知训等人领兵前往宋州和亳州，与晋军遥相呼应，然后进一步围攻颖（yǐng）州。

但没过多久，吴军竟然不战而退，这是为什么呢？原来吴军的主帅徐知训是一个纨绔（wán kù）子弟，他仗着父亲徐温的势力，在朝中作威作福，甚至连吴王都不放在眼里。将士们都对他不服，所以毫无斗志，徐知训也不想打仗，索性就带军退到了广陵。

吴王杨隆演身边的近臣李球、马谦见徐知训如此嚣（xiāo）张跋扈（hù）便想为主上除害。正当他们快要得手时，朱瑾带来人马将李球、马谦杀死，徐知训因此保住了性命。

后来，徐知训与朱瑾产生矛盾，徐知训还打算把朱瑾调到外地任职，朱瑾又气又恨，打算找机会除掉徐知训。

一天，朱瑾邀请徐知训到家中做客，然后趁他毫无防备时结果了他的性命。接着朱瑾提着徐知训的首级跑到吴王府中，对吴王说："我已经为大王除了一害！"

吴王见这情形被吓得不轻，畏畏缩缩地说道："这……这事我不敢管。"说完就跑入室内去了。

朱瑾不禁愤怒交集，大声说道："这般无知，真是成不了大

## 11. 吴国内忧外患

事!"随后,朱瑾就被徐知训的部下追杀。朱瑾知道自己无路可退,便拔剑自刎了。

徐温一直在外镇驻守,所以不知道儿子徐知训的恶行,听闻儿子被杀,他愤怒得不得了,随即赶到了广陵。听说凶手朱瑾已经死了,徐温便处死朱瑾全家,以此泄愤。

后来,徐知诰、严可求等人向徐温告知了徐知训的种种罪行,徐温这才悔悟道:"这个孽子真是死有余辜啊!"

徐知训死后,徐温更加重用养子徐知诰。徐知诰与徐知训截然不同,他不仅对待百官谦和有礼,还善用人才,听忠言,除奸恶,受到百姓的敬爱。

严可求对此有些担心,他劝谏徐温要提防徐知诰,徐温没有听从。严可求又向徐温进谏说:"李氏现在日渐强盛,一旦他们得了天下,我们难道还要向他称臣吗?不如我们自立为国,就不受人制约了。"

这番话说到徐温心坎里去了,他觉得自己始终权重位卑,要是吴王称帝,自己就能做丞相掌管百官了。随后,杨隆演在徐温的再三催促下宣布继吴王位,但是不称帝。

杨隆演见徐氏父子专权已久,心中十分惆怅,但又不敢表现出来,所以常常闷闷不乐。时间一长竟然疾病缠身,没法管理朝政,朝中政事被徐温父子一手掌控。

这时吴越又来挑衅吴国,警报接连传到广陵。吴王杨隆演因病不愿劳心国事,所以一切调兵遣将的事情都委托给徐温处理了。

吴国与吴越向来不和,梁国因此利用吴越牵制吴国。朱友贞篡位后,又封吴越王钱镠(liú)为天下兵马元帅,钱镠在东南一带称雄。

等到吴王杨隆演建国改元后,梁主朱友贞又令吴越大举伐吴,

吴越王钱镠就派他的儿子钱传瓘（guàn）领兵攻打吴国。

吴国大丞相徐温立马调遣大将彭彦章、陈汾（fén）等人带领吴国水师抵御吴越军。

吴国与吴越军在狼山相遇，两军刚刚交锋，吴越军突然从战舰中抛出许多石灰，这些石灰顺风吹入吴国战船，眯住了吴国士兵的双眼。

接着吴越军又扔来大豆和沙子，吴军本就头眼昏花，现在脚又站不稳，因此战斗力直线下降。这时，吴越军放火焚烧吴军战船，他们趁机上船砍杀，吴军大乱，船上的士兵也四处逃散。

彭彦章还想再战，但已经身受重伤，动弹不得，情急之下他拔剑自刎。陈汾见战况危急，偷偷逃跑了，彭彦章战死也没有去救，致使吴军四百多艘战舰，大多被烧成了灰烬，士兵伤亡数千人。

徐温听闻战报，诛杀了陈汾，没收了他的家产，并把其中大半家产给了彭彦章的家人。接着，徐温一面率军屯驻无锡，准备拦截敌军，一面派大将陈璋率水军绕出海门，截断敌军退路。

当时天气炎热，徐温中暑了，没办法指挥大军。判官陈彦谦就从军中选了一个长得很像徐温的士兵，让他充作徐温，做样子号令军士。徐温这才得以休养。

不久，吴越军又来攻打吴军的中军。这时徐温身体已经好了大半，于是亲自领军出战。他远远看见两岸枯萎的芦苇，心生一计，就命将士拿着火具四处放火。大火随着风势，一会儿就烧起来了，吴越军在下风口，看火势扑来，吓得四散逃开。

徐温率军追击，最后斩杀了几万敌军，钱传瓘拼了命才逃走，可惜吴越军的水师已经损失了七八成了。

得胜之后，徐温下令收兵回镇，徐知诰向徐温献计，假冒吴越军偷袭苏州。徐温回复道："你说的确实是一条妙计，但我现在只

## 11. 吴国内忧外患

想休养生息,敌人已经被打跑了,又何必多结仇怨呢?"

其他将士也纷纷劝谏徐温趁机消灭吴越,但徐温拒绝了他们的提议。之后,徐温又派使者到吴越,表示愿意归还俘虏,吴越王也写信想要求和。

第二年五月,吴王杨隆演的病情更加严重了,徐温与朝廷百官商议嗣位事宜。有人劝徐温篡位,徐温严词拒绝了这个提议,而且还表示,谁要是再敢这么说,立即斩首。

不久,杨隆演去世,年仅二十四岁,他的弟弟杨溥继位。

## 12. 昏淫的蜀主

蜀主王建野心很大,很早就在蜀中建国称帝了。后来,他杀了太子王宗懿(yì),改立了小儿子王宗衍为太子。

王建有十一个儿子,为什么立幼子为太子呢?

原来蜀主王建的正室周氏没有生儿子,其他的妾室虽然生了儿子,但都不受宠。王建还有一对徐氏姐妹花妃子,姐妹俩生得貌美如花,就好像江东的大乔小乔,王建无比宠爱她们。

徐氏姐姐生了一个儿子,名叫宗衍,徐氏妹妹生了一个儿子,名叫宗鼎。

王建称帝后,将自己的十一个儿子全部封王。王宗懿死后,王建比较中意的两个儿子是王宗辂(lù)和王宗杰,打算从中选一人为太子。

这对徐氏姐妹花深得王建宠爱,当然想让自己的儿子继太子位。于是她们派心腹贿赂宰相张格,让他号召百官立王宗衍为太子。

张格拿钱办事,写了一份奏表令百官署名,并说自己已经得到密旨,皇帝决定立王宗衍为太子了。百官一听纷纷签名。

蜀主王建看到百官联名上奏,惊讶地说道:"宗衍年纪太小,适合做太子吗?"

这时,大徐妃在一旁说道:"宗衍已经十多岁了,算命的说他

## 12. 昏淫的蜀主

以后会大富大贵，臣妾见陛下今日如此为难，还是带着宗衍出宫算了，免得遭人猜忌！"说完，大徐妃的眼泪就哗哗地流了下来。

蜀主安慰大徐妃说："我只是担心宗衍少不更事，会误了国家大事。"大徐妃听后连连撒娇。蜀主考虑了一会儿后，还是答应了她立王宗衍为太子。

王宗衍算是一个很有学问的人，童年时就出口成章，只是性情十分轻浮。他被立为太子后，终日沉迷于酒色游戏之中。

有一次，王建经过太子行宫，听见里面传出吵闹声，他询问一番后得知太子与诸王在踢球。王建感叹道："我身经百战创建的基业，他这样不务正业，还能守住吗？"

蜀主王建渐渐动了废掉王宗衍的心思，怎奈那徐妃把蜀主治得服服帖帖，废立之事一直没有实行。

后来，蜀主的爱子王宗杰突然中毒身亡。蜀主王建伤心不已，加上年老体衰，受不住这般打击，竟然抑郁成疾。王建知道自己无药可医了，便急忙召回大臣王宗弼（bì）商议后事。

王建当面嘱咐王宗弼、张格等人说："太子无能，沉迷玩乐，我死后如果他不能继承大业，你们可以在我的儿子中选一位贤能的继位，但不要加害于他。千万不能让徐妃的兄弟掌握兵权干预内政。"

偏偏蜀主的这番话传到了徐妃耳中，她立即命令心腹唐文扆（yǐ）守住宫门，不让大臣进入。王宗弼猜测唐文扆意图谋反，于是带着壮士硬闯入宫，向王建禀明了唐文扆的罪状。

蜀主王建虽然病得很重，但头脑还算清醒，于是他召王宗衍入宫，将唐文扆及其同党贬到了外地，并让宋光嗣统管都城。宋光嗣原本是个小太监，因为善于阿谀奉承，因此受到重用。

不久，蜀主王建病死，周皇后因蜀主病逝，伤心过度，不久也

病死了。

太子王宗衍继位后，改名王衍，王衍的生母被奉为皇太后，太后的妹妹被奉为皇太妃。王宗弼和宋光嗣依旧得到重用，唐文扆被赐死，宰相张格及其同党全部被贬官。王衍还让兄弟诸王全部兼任领军使。

王宗弼先是被封为钜（jù）鹿王，后又被封为齐王。他仗着大权在握，在朝中作威作福。蜀主王衍丝毫不过问这些，他终日沉迷酒色，无比快活。

王衍的皇后高氏端庄贤淑，王衍却嫌弃她古板木讷，没什么学问。于是王衍命大臣严旭替他到百姓家中选取良家女子二十人充入后宫。

严旭到了百姓家中搜索，见到有姿色的女子就强行带走，一些有钱人家贿赂他才能免选，民间对此怨声载道。

## 12. 昏淫的蜀主

不久，二十名美女已经征满，王衍对这些美女非常满意，从此左拥右抱，沉溺美色。

不仅如此，蜀主还经常外出游玩，衣食住行十分奢侈。皇太后与皇太妃私自卖官，王衍也不管。

后来，王衍大兴土木，花费了无数钱财。没多久，他又下诏北巡，巡视的旌旗兵甲绵延数里，气势非常恢宏，但实际上王衍是借着巡视的名义游玩享乐。

巡视的队伍达到阆（làng）州后，蜀主在那里抢来了一位叫何氏的美女，后把她带回了成都。

一个月后，蜀主对何女心生厌倦，他探亲时无意间看见了美似天仙的表妹徐女，于是又专宠徐女，徐女善于阿谀奉承，蜀主王衍被她哄得团团转。

蜀主后宫佳丽无数，他整日游走于各位宠妃之中，花天酒地，不思进取。

此时，梁、晋正在打仗，晋王李存勖在魏州驻扎时得了一件传国宝，晋臣都劝他称帝。蜀主王衍得知这件事后，给李存勖写了一封信，也是劝他自立为帝。但晋王不愿违背父亲的遗训，坚决不肯称帝。

梁、晋经常在德胜两城之间交战。德胜是一个渡口名，正是河北的要冲。

晋王命李存审在黄河两岸各建一座城寨，分为南北二城，也叫作夹寨。梁将贺瓌多次率兵前去争夺，两军交战一百多次，梁军也未能攻克。

后来，梁主怀疑朱友谦通敌，朱友谦无奈之下向晋投降。梁主又令刘鄩攻打河中，刘鄩随即出兵同州，朱友谦派人向晋王告急，晋王派李存审前去支援。梁军与晋军交战后，刘鄩失败而归。

不久，刘鄩被人诬陷徇私误国，梁主也不查探就命人毒死了刘鄩，贺瓌也在这时病死了。

刘鄩与贺瓌这两位有勇有谋的大将相继去世，整个梁军的士气一下子低沉了不少，晋军则一路旗开得胜。

晋臣又开始怂恿晋王李存勖称帝了，吴王杨溥也写信劝晋王称帝。这晋王三番几次被众人推举称帝，竟然也动了心思想做皇帝了。

对于晋王称帝一事，还有一大臣是持反对意见的，他就是监军张承业。

张承业是对晋王非常忠心的一位大臣，凡事都为了晋国的江山社稷着想，他极力劝谏晋王说："大王一定要先灭了朱氏，为先王复仇，然后南取吴、西取蜀，扫清天下，那时才是功德圆满之时，天下谁能与您争锋呢？"

但李存勖却不愿听从张承业的建议，张承业返回晋阳后一病不起。李存勖听说张承业卧病在床，一时也不愿称帝了。

## 13. 李存勖称帝

成德节度使赵王王镕之前是臣服后梁的，后来与晋国结为同盟。王镕有了晋国这座大靠山后，基本没了外患，逐渐变得骄纵起来。他不仅大兴土木，广纳美女充入后宫，还宠信方士，炼制丹药以求长生不老。

王镕把政务之事都交给宦官李弘规和石希蒙处理。石希蒙善于阿谀奉承，王镕尤其宠幸他，甚至和他同吃同睡。

有一次，王镕与石希蒙在西山宫中留宿，李弘规劝谏王镕说："大王经常出门游玩一个月都不回去，万一发生叛乱，有人将宫门关闭了，大王您怎么办呢？"

王镕听后觉得有些后怕，急忙下令回城。偏偏这石希蒙在一旁劝阻，不让王镕回去。

李弘规大怒，直接派人用刀逼着王镕说："将士们都已经疲惫不堪了，想随着大王一起回去！"

王镕还没来得及回答，李弘规又请求他杀了石希蒙这个罪人。王镕仍旧没有回答。李弘规就直接命人杀了石希蒙，还砍下他的首级扔到王镕面前，王镕无奈只好答应回城。

这时，王镕的长子王昭祚回到赵地，王镕与他密谋除掉李弘规等人。王昭祚派大将王德明杀害了李弘规和他的同党，并且将他们

的族人一并杀害。

王德明十分狡猾，他趁机笼络了李弘规的亲军，并派这些亲军去暗杀王镕。当时王镕正和道士一起焚香祈福，这些亲军毫不费力就杀掉了王镕，然后回禀王德明。

心狠手辣的王德明索性大肆屠杀王氏家族，只留下王昭祚的妻子梁国普宁公主不杀。王德明随后恢复了自己张文礼的姓名。

晋王得知了张文礼的恶行，想要出兵征讨。群臣都劝谏晋王这时正与梁大战，不能再树敌，晋王听从了群臣的建议。

这张文礼又使坏心眼，他密奏梁王朱友贞，说王镕被乱军所杀，幸好普宁公主安然无恙，自己已经联合了契丹，现在只要梁国发兵，就可以一起消灭晋国了。

梁主朱友贞与群臣商议后，觉得张文礼这人不靠谱，还是按兵不动。

赵将符习曾率兵万人跟着晋王驻扎在德胜城。张文礼暗自怀疑符习，并下诏召他回镇州。

符习不愿回去，就去求见晋王。晋王对符习说："我与赵王情同骨肉，我可以派军支援你前去报仇！"符习听后非常感动，表示会带着自己的兵马铲除叛贼。

晋王佩服符习的骨气，他让符习带兵先行，然后派大将阎宝、史建瑭（táng）为后应，向北进发。赵州刺史王铤（tǐng）首先投降，晋王又令大军接着攻打镇州。

张文德本就病重，他听闻赵州失守，竟然惊吓过度去世了。他的儿子张处瑾秘不发丧，并率领将士与晋军激战，晋将史建瑭阵亡。

晋王得知史建瑭战死，打算亲自带兵去策应，这时他们抓住了一个梁军探子，从他口中得知梁军要偷袭德胜城。于是晋王立即调

## 13. 李存勖称帝

兵遣将对梁军发起进攻，最终杀死了两万多名梁兵。

接着，晋王打算率军攻打镇州，这时他收到义武军节度使王处直的来信，信中大意是劝阻晋王不要出兵。

晋王对此心生疑惑，他让人给王处直传话说："张文礼负我在先，不能不讨！"

这王处直为何劝阻晋王出兵呢？原来他担心晋国攻占镇州以后，定州也就不保了，所以急忙劝说晋王赦免张文礼。偏偏晋王拒绝了王处直的提议，害得他整日忧心忡忡。

王处直有个儿子叫王郁，素来不受父亲的宠爱。后来他逃到晋阳，娶了李克用的女儿为妻，现在担任新州防御使。王处直派人联系王郁，让他贿赂契丹，请契丹出兵牵制晋军。

王郁要求继承王处直的位子才答应为他办事。王处直不得已答应了王郁的要求。

原本王处直是想把位子传给养子王都的，王都听说王处直让王郁继承职位，越想越不甘心，后来直接带人把王处直抓起来了。

王都随后就派人将此事告知晋王，晋王暗想王都为自己除去一祸患，于是命王都代掌兵权。不久，王处直忧愤而死，王都发兵支援晋王攻打镇州。

可镇州城防守做得很好，晋军攻打了几天也没能攻下。

忽然幽州来报，说契丹大举南下，涿州被攻克，幽州也被围困。晋王正打算分兵前去解救幽州，哪知定州也来了急报，说契丹军已经逼近了。

晋王决定先救定州，大军行至新城，听说契丹兵已经过了沙河，就打起了退堂鼓，甚至有士兵偷偷逃走。

诸将都劝晋王先退军，晋王也十分犹豫。这时郭崇韬（tāo）与李嗣昭都表示无故退军会导致军心涣散，还不如一鼓作气与契丹兵一决胜负。晋王也很赞同他们的观点，于是带军继续前进。

接着，晋军与契丹军在新城北一带相遇，晋王派军追击契丹军，结果契丹军在渡河时淹死了一大半。阿保机的儿子被晋军擒住，阿保机退军望都。

休息一夜后，晋王又引兵来到望都，乘胜追击契丹军。结果连败契丹兵，阿保机逃到易州。

晋王又赶到幽州，那时大雪下了很久，地上的积雪有几尺深，契丹兵冻死了不少，阿保机只得懊恼地退回契丹。

幽州危急解除之后，晋王开始一心攻打镇州，他想镇州孤立无援，攻取它是指日可待。

哪知晋军连连失利，先是晋将阎宝被镇州兵击败，接着是晋将李嗣昭和李存进接连负伤身亡，晋王收到这些噩耗，十分伤心。

镇州在被围困一个多月后终究是支撑不住了，张文礼的家属及

## 13. 李存勖称帝

其同党全部被擒。赵人为给赵王王镕报仇，残忍杀害了他们。

李嗣昭的次子李继韬这时背叛晋国向梁投降，梁主高兴地接纳了他，并封他为节度使。

不久，梁国又派大将董璋去攻打泽州，李继韬也发兵援助董璋。泽州守将裴（péi）约见敌军众多，急忙向魏州求援。偏偏晋王这时候正忙着创行帝制，编订礼仪章程，根本无心顾及泽州。

先前张承业极力劝阻晋王称帝，晋王才将称帝之事拖延了一两年。后来张承业去世，晋王李存勖身边也没人劝阻他了，所以在晋臣的劝说下，晋王终究是点了头，升坛称帝，国号为唐。

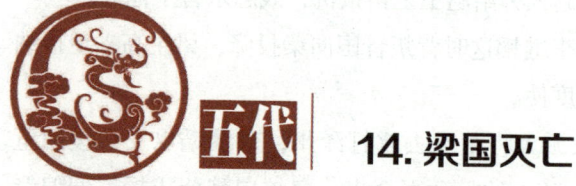

## 14. 梁国灭亡

李存勖称帝后,第一目标就是灭了梁国。恰好这时梁国郓州守将卢顺密前来投降,并献上夺取郓州的计策。唐主李存勖立即召集群臣商议此事,郭崇韬等人都认为这事不可行。

唐主李存勖又单独召李嗣源商议,李嗣源极力赞同攻打郓州,并对李存勖说道:"打仗必须出奇制胜,这样才可能取得成功,我愿意独自带兵前往,为国效力!"

唐主李存勖十分高兴,立即命李嗣源率兵偷偷潜入郓州。大军走到河滨的时候,夜雨绵绵,将士们都不愿意继续前进。

这时前锋高行周对大家说道:"这是上天帮助我们啊,我们正好趁他们没有防备,进攻此城。"于是大军渡河向东前进,直抵城下。

果然,郓州守卫非常松懈,李嗣源等人很快就攻下了郓城。唐主李存勖知道后很是高兴,他赞叹李嗣源是一个奇才。

梁主朱友贞听说郓州失守,十分惊慌,急忙调遣段凝、王彦章等人出兵。梁国宰相敬翔以死相谏,恳求梁主起用王彦章为大将。梁主点头同意,随即任命王彦章为主将。

王彦章入宫拜见梁主,梁主问他破敌的期限,王彦章回答三天,梁国的大臣们都觉得王彦章的话太可笑了。

## 14. 梁国灭亡

王彦章出宫后立即率兵向滑州进发，两天时间就到了滑州。随后，王彦章带着精兵在半夜时分偷袭德胜南城，德胜的守将毫无防备，南城很快被攻下。接着，王彦章又带兵攻克了潘张、麻家口等地。

唐主李存勖听到兵败的消息，急忙派兵赶往杨刘城，协助守将李周守城。王彦章猛攻杨刘城也没有将其攻下。

李周派人到魏州告急，唐主亲自率兵支援。到了杨刘城，见梁兵人多势众，无路可通，唐主立即问郭崇韬有何破敌之法。

郭崇韬回答道："王彦章的目的是想收复郓州，我军应在博州东岸筑城屯兵，截住河津，这样既可救援郓州又可分散敌军兵力。另外，我们需要派兵去牵制王彦章，以免他阻拦我们筑城。"

唐主听了郭崇韬的建议，连连拍手叫好，并且立即派人执行郭崇韬的计策。

六天之后，王彦章知道了郭崇韬筑城的消息，立即带兵进攻。郭崇韬一面鼓舞士兵拼死抵御，一面请求唐主派兵支援。

不久，唐主带兵赶来支援，将士们见援军到来，士气大增。梁军则开始有了退意，王彦章见状带着大军撤退了。

随后，唐将李绍荣放火烧了梁军的战舰，唐军又乘胜追击，杀死梁兵一万多人，德胜城又被唐军夺回。

王彦章非常痛恨赵岩、张汉杰等人扰乱朝政，他曾经说道："等我立功回朝，我一定要杀了那些奸臣。"

这话恰好传到赵、张二人耳朵里，他们因此对王彦章怀恨在心，于是赵岩等人只要听到战败的消息，就向梁主禀告是王彦章的过错。

时间久了，梁主担心王彦章难当大任，于是将军事全部交给了段凝掌管。

这时,梁指挥使康延孝因得罪梁主带着部将投奔唐主来了。唐主高兴地接纳了他,并给他丰厚的赏赐。接着,康延孝向唐主详细禀明了梁国的局势,唐主听后心里有了谱。

果然不到数日,康延孝的话就应验了,王彦章正率军进攻郓州,段凝大军也不断在澶州、相州挑衅。

契丹因之前兵败李存勖之手,一直找机会复仇,相传不久就会出兵征讨。面对几路敌人,唐主一时也不知如何应对。

这时有大臣劝谏唐主与梁讲和,并用郓州来交换卫州和黎阳,唐主听后非常气愤,觉得这样做是自寻死路。

唐主又召郭崇韬前来商议,郭崇韬对唐主说:"梁兵马空虚,您应该派兵坚守魏州和杨刘城,然后亲率大军直捣汴(biàn)梁城,成败在此一举,千万不可畏畏缩缩!"唐主极力赞同郭崇韬的话。

## 14. 梁国灭亡

不久,李从珂(kē)击败王彦章的前锋军,唐主收到捷报以后信心大增。随后他就派李绍宏等人镇守魏州,自己则率军与李嗣源会师。唐军在夜间进军,渐渐逼近梁国中都。

中都由王彦章带兵把守,但这些士兵大都是新兵,没什么战斗力。王彦章得知唐主来攻城,急忙率军前往堵截。

可两军实力相差太大,唐主带来的都是精兵,梁军不一会儿便被打得退回城中。守城的将士见唐军来势汹汹,已经吓得魂飞魄散了。最后,唐军顺利攻占中都,王彦章也被唐将李绍奇擒住。

唐主钦佩王彦章的英勇,想招降他,但王彦章宁死不屈,唐主一气之下将王彦章斩首,并赞他是忠臣,还派人厚葬了他。

下一步,唐主就准备攻取大梁了。梁主朱友贞接连收到警报,心急如焚,急忙召群臣商议对策,大臣们面面相觑,没有说一句话。

梁主哭着对宰相敬翔说:"朕后悔没听你的话啊!你现在还有好的办法吗?"

敬翔回答道:"老臣哪有什么良策啊!只求陛下赐臣先死,臣真的不忍心见国家灭亡啊!"

梁主无言以对,只和敬翔一同哭泣。随后,梁主派张汉伦去追回段凝的兵马以救援都城,但张汉伦被河水挡住去路,没法传递消息。梁主日夜焦急,有将士请求出战,他也不答应。

不久,唐军快要到达城下了,梁主的宠臣赵岩竟然偷偷逃跑了,梁主更加心如死灰。这时,梁主将皇甫麟召来对他说道:"我与李氏是世仇,实在不愿向他低头,我不想死在他刀下,你现在就杀了我吧!"

皇甫麟回答道:"我愿为陛下冲锋陷阵,为国捐躯,我怎能奉行此诏呢?"

梁主问道:"你是想出卖我吗?"

皇甫麟情急之下准备拔剑自刎,梁主拦住他说:"我与你一同死了算了!"说完,他就拿起皇甫麟手中的剑自刎而死,皇甫麟见状也自杀了。

梁主朱友贞为大梁最后一位皇帝,他在位十年,享年三十六岁。梁自朱温篡位算起,一共十六年。

一天后,唐将李嗣源到了大梁城下,梁臣王瓒开门投降,李嗣源进入城中后安抚军民。

## 15. 刘氏受宠夺后位

梁灭国后,梁臣全部向唐主李存勖请罪。唐主好言抚慰他们,并让他们担任旧职。梁相敬翔因愧对国君,悬梁自尽了。

随后,唐主命人拿着朱友贞的首级祭拜先帝,算是对先帝有一个交代。随后,唐主又派李从珂等人前去招降段凝。

段凝毫无骨气,立马就带着手下五万多人一起投降了。他一见到唐主就跪地请罪,唐主也对他好言抚慰。

段凝居然恶人先告状,向唐主进献谗言。唐主听信了他的鬼话,将大部分梁室旧臣处死。此后,唐主对段凝十分信赖,赐他姓名李绍钦。

不久,唐主又下诏大赦天下,梁国的旧臣只要甘愿臣服的,一律不追究罪责。

这时,唐主的第三位夫人刘氏和皇子李继岌(jí)从兴唐府来到汴梁,唐主高兴地迎接他们。

刘氏虽出身卑微,但生得楚楚动人,还诞下皇子,唐主对她十分宠爱,行军打仗时常常将刘氏带在身边。刘氏的父亲是一位算命先生,自称刘山人,他见女儿已经显贵,就到魏州认亲来了。

但刘氏不肯承认,还生气地说:"我父亲早已死于乱军之中了,我还痛哭着跟他告别,这是哪里来的乡野老头,还敢冒充我的父亲?"

于是刘氏命人鞭打刘山人,可怜这刘老头本就年迈体弱,再经过这番毒打,晕过去好几次,最后勉强醒来,大哭着离开了。

刘夫人到了汴梁皇宫,听闻唐主召幸梁妃,醋意大发,就和唐主理论了一顿。唐主自知理亏,就让这位梁妃出家当尼姑去了。刘夫人还不满意,唐主无奈将这梁妃送往洛阳终身为尼。

这件事传开以后,宫中内外都知道刘氏权重,大家都争着向她献殷勤。梁国旧臣袁象先、戴思远、段凝等人都曾重金贿赂刘氏,刘氏就在唐主面前替他们说了不少好话,这些人也因此得到了唐主的恩赐。

不久,楚国派遣使者入京进贡,吴国派使者前来祝贺,岐国也奉表称臣,这引得唐主志气满盈,逐渐放纵起来,不是外出游玩就是在宫中饮酒作乐。

## 15. 刘氏受宠夺后位

刘夫人能歌善舞，唐主为了取悦刘氏也与戏子一同做戏。其中有一位叫敬新磨的戏子非常正直且有胆识，常常暗中劝谏唐主。

因为刘夫人喜欢看戏，所以经常召戏子们进宫表演。这些戏子得以自由出入皇宫，他们借助皇帝的权威，飞扬跋扈，常常侮辱群臣，群臣也不敢得罪他们。

尤其是一位叫景进的戏子，深得唐主恩宠，他经常趁机进献谗言，扰乱朝政，连王公将相都害怕他。

后来，宰相卢程被贬，赵光胤与韦说被授命为同平章事，这两人都没有相国的才略。

荆南节度使高季昌听说唐已经灭了梁国，十分害怕，为了避讳与唐主的祖父李国昌重名，还特地改名为高季兴。

高季兴入朝拜见唐主，唐主不想放他离开，还好郭崇韬婉言相劝，唐主才放高季兴离开了。高季兴走到襄州时，唐主又反悔了，可高季兴已经逃走了。

原来高季兴入朝时，宫中的戏子和太监多次向他索要贿赂。高季兴给了他们财物，可这些人仍不满足。高季兴料想那些小人会劝唐主留下他，所以连夜逃走。

回到江陵的高季兴握住梁震的手说道："都怪我不听你的劝告，这次差点回不来，但唐主历经百战才灭了梁国，现在就骄傲自大，开始放纵享乐，这怎么能长久呢？我们用不着害怕他们了。"

于是高季兴开始操练士兵，修城积粮，为打仗做准备。

唐主去洛阳祭天时见洛阳的宫殿比汴梁的宏伟气派，于是就定都洛阳了。同光二年（924年），唐主派人将曹太后及正妃韩氏、次妃伊氏都接到了洛阳。

三夫人刘氏表面笑脸盈盈，暗中却焦急万分，害怕皇后之位落入他人之手。于是她决定派伶人宦官笼络宰相，为自己说情。

豆卢革与郭崇韬惧怕刘夫人的权势,都上表请奏皇帝立刘氏为皇后。唐主本就宠爱刘氏,很是乐意封她为后。

唐主立刘氏为后,本就是嫡庶倒置,刘氏成为皇后之后更是权势滔天。唐主还听刘氏的话重新起用宦官为监军,后来又任用伶人为地方刺史。朝中大臣对此议论纷纷,怨声四起。不仅如此,唐主还不断给自己加尊号,封赏宠臣。

听使者回报蜀主王衍荒淫无道,不理政务,亲小人远贤臣,唐主觉得攻打蜀国的机会来了,于是开始整顿兵马准备出师。

这时,秦王李茂贞去世,他的儿子李继曮(yǎn)继位,唐主准备约他一同攻打蜀国。不料,契丹已经进犯蔚州,唐主只得改变计划,派李嗣源带兵抵御契丹军。

随后,唐主命李嗣源出镇成德军。李嗣源的家属都在太原,于是他请奏唐主封儿子李从珂为北京内牙指挥使,方便照顾家人。

## 15. 刘氏受宠夺后位

唐主看了奏书却认为李嗣源因公徇私，为家忘国，随即就贬了李从珂的官，让他去镇守石门镇。

李嗣源这时已经击退了契丹军，他听说儿子被贬，十分惶恐，想进京面圣，但唐主不允许，李嗣源因此更加忧心。

唐主听说契丹已经退军，又开始四处游玩，纵情享乐，还常常与刘皇后一起去大臣家里饮酒作乐，他们去得最多的就是大臣张全义家里，后来刘皇后还拜了张全义为养父。

第二年春夏之际，洛阳炎热，唐主想登高避暑，但宫中并无高楼。唐主身边的宦官就劝说唐主建一座避暑的楼阁，唐主立马派人建造高楼。

郭崇韬劝谏唐主应该居安思危，把心思放在国家大事上，唐主听后沉默不语。这时，宦官又对唐主说："我听说郭崇韬的府邸比皇宫还舒适，当然体会不到陛下的炎热了。"唐主从这时开始对郭崇韬心生恨意了。

后来，郭崇韬又劝说唐主暂停建楼工程，让百姓休养生息，唐主根本不听。

## 16. 蜀国灭亡

唐主玩乐一段时间后又想起伐蜀的事情来了，他召集群臣商议伐蜀的计策。

朝中大臣李绍宏推荐段凝为主帅，郭崇韬极力反对。群臣又推荐李嗣源为帅，郭崇韬又认为李嗣源的职责是抵御契丹军，不能调离河北。

接着，郭崇韬推荐魏王李继岌为主帅。唐主认为李继岌年纪太小，没法担当大任，就命郭崇韬为副帅，辅佐李继岌。

唐主又安排了几位大将随军出行，一切安排妥当以后，唐军浩浩荡荡地出发了。

蜀主王衍还在过着昏庸无度的日子，完全不管朝中之事。他每天带着美人四处游玩，饮酒作乐，另外还命人大肆修建宫殿，那些宫殿修得十分奢华气派。

王衍自认为与唐修好，可以无忧无虑了，所以撤走了边境的守兵，安享太平去了。

不久，蜀主王衍从成都出发东巡游玩，群臣上表进谏，但王衍不肯听从。当东巡队伍路过汉州时，大臣王承捷报告说唐军从西边杀来了。王衍当然不相信，而且大言不惭地说："我正想炫耀武力，怕他干什么？"

## 16. 蜀国灭亡

巡游队伍到了利州时，王衍又收到警报，说是威武城守将已经向唐将投降了。王衍这才信了王承捷的话。

第二天，威武城的溃军陆续来到利州，他们向王衍汇报说凤州、兴州、文州、扶州已经被节度使王承捷一并献给唐军。王衍终于感到慌张了，立即派王宗勋等人领兵三万抵御唐军。

唐军一路势如破竹，经过的城池全都不战而降。

唐军到了三泉与蜀军三位招讨使相遇，唐军顿时火力全开，直接冲杀过来，蜀兵吓得四处逃散。那三位招讨使也是窝囊之辈，见士兵逃跑，他们也跟着跑了，最终，唐军斩杀了五千蜀兵，其余的都逃走了。

蜀主听闻战败的消息，急忙从利州西还。不久，蜀将宋光葆带着五个州投降唐军，蜀国其他守将见状也纷纷向唐投降。

蜀将王宗弼见各州投降，一时陷入惶恐。这时唐军派人向他送来郭崇韬的书信，信中陈明利害，劝王宗弼投降。

后来，王宗勋等人来到利州，王宗弼与王宗勋商量一番后，决定向唐军投降。王宗弼又对王宗勋说道："你们先投降唐军，我去成都一趟！"王宗勋点头答应。

王宗弼回到成都后，趁机劫持了徐太后和王衍，并将他们幽禁在西宫，所有后宫和诸王也都被幽禁。然后，王宗弼将国宝及国库里的财物全都搬到自己的府邸去了。

后来，唐军到了鹿头关，王宗弼派人送去酒肉犒劳他们。他又给唐安抚使李严送去一封信，信上说道："您来了，我立即投降！"

李严收到书信就带着数名随从去了成都，见到王宗弼之后就安抚城中的军民，并告知他们大军马上就到。

随后，李严去西宫见到了蜀主王衍。王衍对着李严痛哭，李严婉言相劝，并说："只要你们投降，必然能保全家属。"

王衍这才收住眼泪,然后命人起草降书送去唐军大营,自己则跟着李严一起迎接唐军。

唐军统帅李继岌和副帅郭崇韬等人听说蜀国投降,日夜兼程赶到成都。

蜀主王衍自缚而降,蜀臣也都跪拜投降。郭崇韬亲自解开王衍的束缚,赦免蜀国君臣的罪过。王衍率百官跪谢,亲自领着唐军进入成都。

至此,蜀国灭国,蜀从王建建国,共存在十九年。

唐军进入成都后,郭崇韬禁止唐军掠夺,并且不得扰民。唐军从出师到现在,只花了七十天时间就平定了蜀国,得到十镇、六十四州、二百四十九县,蜀国的财物军械也尽归唐所有。

这次平蜀的首功非李绍琛(chēn)莫属,但是郭崇韬与董璋关系很好,郭崇韬战后向唐主举荐董璋为东川节度使。

## 16. 蜀国灭亡

李绍琛心中愤愤不平,他对着左右说道:"我冒死平定两川,难道让董璋坐享其成吗?"

于是他拜见郭崇韬说:"东川重地,不应该让庸臣镇守,任尚书文武双全,他任镇帅更合适。"

郭崇韬变色道:"我奉命节制各军,你敢违抗我的安排吗?"李绍琛听后闷闷不乐地退下了。

王宗弼之前上表李继岌想做西川节度使,被李继岌拒绝。他不甘心,又去贿赂郭崇韬,想让他为自己说情,郭崇韬假意答应,但迟迟没有行动。于是王宗弼又联合蜀官请求郭崇韬镇守蜀地。

李继岌身边有一个宦官叫李从袭,他对郭崇韬有些成见,于是跑去提醒李继岌让他提防郭崇韬。

郭崇韬的长子郭廷诲这时也在军中,不少蜀臣都跑去贿赂他,李继岌这里却没什么人来。时间久了,李继岌心里觉得不平衡,再加上李从袭在一旁煽风点火,李继岌对郭崇韬父子渐渐生出怨恨。

李继岌经常挑郭崇韬的毛病,郭崇韬不明所以,索性把罪名推到王宗弼身上。后来,郭崇韬还找了个借口除掉了王宗弼。

宦官李从袭与向延嗣关系很好,这两人都对郭崇韬心怀不满。于是向延嗣回宫告知刘皇后郭崇韬父子有反叛之心,魏王李继岌可能会有危险。

刘皇后告知唐主,唐主本就对郭崇韬心生怀疑,又听刘皇后这么一说,心里更郁闷了,随即派宦官马彦珪召郭崇韬回朝,问明详情。

刘皇后又提出让唐主下令处死郭崇韬,唐主不肯同意。刘皇后居然自己写了一份教令交给李继岌让他杀了郭崇韬。

马彦珪到达蜀地后就把刘皇后的教令交给李继岌,李继岌说道:"将军已经奉旨还朝了,而且他没犯什么大错,我怎能擅杀朝

廷大臣呢?"

马彦珪和李从袭见李继岌犹豫不决,便在一旁添油加醋,挑拨离间。李继岌最终还是被他们说服了。接着,三人密谋杀掉了郭崇韬,郭崇韬的两个儿子也被杀。

为了稳定军心,李继岌还派人伪造敕书,向军中宣布只追究郭崇韬父子的罪行。

后来唐主也下诏细数郭崇韬的罪状,还将他另外三个儿子一并处死,郭家的家产也全被没收。

郭崇韬的女儿是睦王李存乂的妻子,朝中的宦官又向唐主进谗说李存乂与郭崇韬是一伙的,唐主一怒之下将李存乂一家处死。

伶官景进又诬陷李存乂与朱友谦串谋,唐主不分青红皂白处死了朱友谦和他的儿子朱令德。

## 17. 李嗣源登基称帝

郭崇韬被杀以后，朱友谦、李存乂也被牵连丢了性命，朝中大臣对此议论纷纷。

唐将李绍琛对身边的人说道："郭崇韬和朱友谦这样的有功之臣都无罪被杀，我们要是回去了，恐怕也会遭到毒手，真是冤枉啊！"

这些部将中有朱友谦的旧臣，他们听了李绍琛的话后一起大哭起来，说道："朱公犯了什么罪惨遭灭门，我们要是回去，等于送死啊，绝不能东行了！"

于是李绍琛自称西川节度使，并且四处发放檄文，招收蜀人，很快就招到五万多人。但是李绍琛的叛乱之军很快就被孟知祥击败，李绍琛被押往凤翔斩首，恢复了姓名康延孝。

不久，魏博军指挥使杨仁晸的部下皇甫晖发动叛乱，杀了杨仁晸。接着皇甫晖等人劫持了效节指挥使赵在礼，让他做叛军的首领。

叛军一路劫掠，警报很快传到邺（yè）都，谁知邺都监军史彦琼一点也不着急，还说等贼军到了再防守。

傍晚的时候，贼军来势汹汹，一股攻入城中，史彦琼吓得逃跑了。邺都留守王正言没来得及逃走，于是就去拜见赵在礼，赵在礼放他离开了。

唐主李存勖得知魏州兵变以后派李绍荣带兵去邺都招降叛军，李绍荣进攻数次全都战败，不得已退到澶州。

唐主听说兵败，决定亲自带兵征讨邺都，但这时国内发生几起兵变，唐主一时无法远征。

后来宰相等人一起推荐李嗣源为主帅，让他代替李绍荣。李嗣源之前被唐主猜忌，唐主还派朱守殷监视李嗣源，朱守殷却劝说李嗣源早日回到藩地，免得引祸上身，李嗣源没有听从朱守殷的劝说。

唐主内心是不想让李嗣源担任主帅的，但是张全义等人极力推荐李嗣源，唐主这才点头同意。

李嗣源来到邺城与李绍真的军队会师，随后就下令休整一晚，准备第二天一早攻城。

到了半夜，军中一将士却聚众喧哗，火烧军营，发动叛乱，并且逼迫李嗣源称帝。李嗣源大惊失色，哭着劝他们不要这样做，但

是叛军就是不肯听从，他们还胁迫李嗣源入城。

城中将士不知城外发生变故，还以为是半夜偷袭，皇甫晖开城迎战，击败叛军。赵在礼将李嗣源和李绍真迎入城内，并表示愿意跟随李嗣源。

李嗣源对赵在礼说去城外多招些兵，赵在礼欣然同意放李嗣源出城去。

李嗣源之前被乱兵所逼时曾派人去向李绍荣求援，可李绍荣没有答应，还带着将士离去了。

李嗣源悲痛地说道："现在只能回到藩地慢慢想办法了。"

李绍真劝说道："你现在只有去都城向唐主说明情况，才有可能脱身啊！"

不久，李绍荣就向唐主上奏说李嗣源已经叛变，李嗣源十分惶恐，不知如何是好。

这时，左射军使石敬瑭向李嗣源献计说："成大事者应该坚决果断，大梁是天下要会，我愿意带骑兵先去占据，您再引兵前来，我们以大梁为根据地，这样才能保全性命啊！"

部将康义诚也劝说李嗣源自立为主，李嗣源考虑许久也没有想到其他的办法，于是下令进军大梁。

那时两河南北多次发生水灾，百姓流离失所，京师的财政赋税锐减，将士的粮食不够吃。

这种情况下，唐主仍和皇后四处游玩，一点也不关心百姓疾苦，还下令提前收取百姓的租税。百姓连当年的租税都交不起，哪里能交第二年的呢？官吏们可不管那么多，他们强行逼迫百姓交税，害得百姓叫苦连天。

伶官景进又劝唐主杀掉王衍等人，以绝后患，唐主便下令处死王衍一干人。王衍的母亲临刑前悲愤地喊道："我儿举城投降，唐

主却残忍杀害我们,如此背信弃义,他必将大祸临头了!"

唐主安抚好各军以后,准备出发征讨李嗣源,他派李绍荣带着骑兵先行,自己则率卫兵跟进。

李嗣源则带着大军向大梁进发,他又召集齐州防御史、泰宁节度使、贝州刺史前来会合。又召平卢节度使符习,他本是梁朝旧臣,听说梁朝旧臣多半被杀,很是害怕,所以愿意归顺李嗣源。李嗣源瞬间军势大振。

不久,石敬瑭带领的前锋军抵达汴梁,而且很快就攻占了大梁,李嗣源带领的士兵也随后抵达。

唐主李存勖进入万胜镇后接到各种军报,不由得神情沮丧,登高叹息道:"我将败了啊!"于是下令班师回朝。

唐军走到汜水时,士兵已经逃走一半,唐主又令张唐驻守汜水关,自己带兵西归。到了石桥西时,唐主悲凄地对李绍荣等人说道:"今日我沦落至此,你们难道没有一个好的办法吗?"

李绍荣等百余人都断发起誓,誓死报恩。唐主于是回到洛阳。

不久,汜水关告急,唐主准备再次率兵赶往汜水关救援。不料,大军出发之前马直指挥使郭从谦率兵作乱,唐主暴怒,立即带兵攻打乱兵。

唐主李存勖奋勇杀死乱兵一百多人,突然一支乱箭射来,唐主被射伤流血不止,最后不治身亡,享年四十二岁。

刘皇后听说唐主驾崩,急忙与李绍荣等人收拾金银财宝逃走了,宫中顿时乱作一团。

这时,李嗣源也听闻了唐主的死讯,不禁痛哭起来。第二天,朱守殷派使者告知李嗣源宫中大乱,并请他进京主持大局。

李嗣源入宫妥善处理了唐主的身后事。宰相和百官一致举荐李嗣源称帝,李嗣源拒绝了。

## 17. 李嗣源登基称帝

魏王李继岌得知洛阳兵败，本想率兵回去，但又担心李嗣源容不下他，于是引兵西行，打算退守凤翔。

各地百官得知唐主驾崩纷纷上表劝进，李嗣源一再推辞后决定先监国。随后，他命内外官员寻找诸王。不久，李绍荣被抓送到洛阳，他指责李嗣源背叛先皇，李嗣源听后气愤不已，当即处死了李绍荣。

刘皇后与李存渥（wò）一起逃到晋阳，李存渥途中被部下斩杀。刘皇后无奈削发为尼，安身保命，可李嗣源十分痛恨刘皇后，派人将她杀死。

李存勖的几个兄弟大多被杀，只有老二因为中风，保全了性命。李存勖的五个儿子，四个下落不明。长子李继岌见唐军大势已去，绝望至极，后命身边人杀了自己。

百官见李继岌已死，全都劝李嗣源称帝，这一次他没有推辞。一切准备就绪后，李嗣源身穿丧服，在李存勖灵柩前登基称帝。

## 18. 阿保机之死

契丹主耶律阿保机自从沙河战败后,一直没有再入侵唐国。同光年间,契丹还派使者与唐通好,唐国也不计前嫌,善待来使。

李嗣源继位后,派遣使者姚坤去向契丹告哀,并报告唐国的新主已经即位。

阿保机听说李存勖已死,脸色大变,突然起身大哭着说:"晋王与我结为兄弟,河南的天子就是我的侄儿啊!我听说中原发生叛乱,本想带兵去救,哪知道迟了一步啊!"

说完阿保机又哭起来,哭完又说道:"我侄儿驾崩了,你们应该派人与我商量,新天子怎么敢自立呢?"

姚坤回复道:"新天子统军二十年,领精兵三十万,他继位是天时地利人和,哪里好拖延呢?"

阿保机听后没有说话,这时他的长子耶律突欲大声说道:"唐使不必狡辩,你们的新天子终究是故主的臣子,他现在擅自称帝,实在是有些过分!"

姚坤反驳道:"新天子顺应天命,岂能在乎这些小节,试问你们的天皇又是谁授予的呢!难道也是强取豪夺得来的吗?"

耶律突欲一下被堵得说不出话来,阿保机见状对姚坤和颜悦色地说:"你说得很有道理。"

## 18. 阿保机之死

接着，阿保机提出唐割地给契丹，契丹就不再南侵的要求，姚坤果断拒绝了他的提议，阿保机一怒之下扣留了姚坤。

阿保机攻取扶余城后，将它改名为东丹国，留下长子耶律突欲镇守，加封他为人皇王。随后就带着次子耶律德光回国，不幸的是，阿保机在回国途中，突发重病去世了。

皇后述律氏护丧返回西楼，耶律突欲也奔丧回来。皇后述律氏立马召集了各部的酋长，商议继位之事。

述律氏向来偏爱次子耶律德光，她内心是想让德光继位的。

于是她让两个儿子骑着马站在帐外，然后对各位酋长说道："这两位都是我的爱子，但我不知道选哪位继承皇位，还请你们帮我决定，你们选择谁就去牵谁的马绳。"

说完，述律氏朝着德光看去，诸位酋长本来就很忌惮述律氏，他们见述律氏一直盯着德光，全部心领神会，纷纷去牵住耶律德光

面前的马绳。

述律氏见状大喜道:"看来大家意见一致,我也不好违抗了。"于是众人拥立耶律德光为契丹主。

述律氏释放了姚坤,并让他回国报丧。姚坤回到洛阳向唐主禀明情况,唐主见使臣平安归来,也不好与契丹决裂,于是派使者前去吊丧。

耶律德光尊述律平为太后,并将阿保机葬在木叶山。下葬当天,述律太后命各个酋长夫妻一同前来,然后述律太后就命左右杀死诸位酋长,让他们一同为阿保机殉(xùn)葬。

各酋长的妻子见状全都害怕得大哭起来,述律太后对着众人说道:"你们不要再哭了,我现在也是寡妇,你们难道不能跟我一样吗?"述律太后又以殉葬为借口杀了几百人。

此后,述律太后临朝听政,国家的大小事都由她裁决。述律太后向来有智谋,耶律德光也智勇双全,契丹在他们的治理下依然非常强盛。

荆南节度使南平王高季兴曾派人截获了唐军的货物,那时正好唐都大乱,这件事也就过去了。

李嗣源继位后,派人去问责高季兴,高季兴却满口抵赖。李嗣源刚刚继位一时不想发动战争,就没有追究下去。

后来,高季兴又得寸进尺,向唐主索要夔州、忠州等地,唐主为了安抚各镇,勉强答应了他,但要求各州刺史必须由朝廷委派。

高季兴却拒绝朝廷派官前来,这下彻底惹恼了李嗣源,他立即派人攻打高季兴。最终,唐军出兵击败高季兴,高季兴无奈向吴国称臣去了。

李嗣源称帝后重用任圜(huán),并让他管理朝政事务。任圜与大臣孔循因为选相一事产生隔阂,多次发生争执,孔循好几日称

## 18. 阿保机之死

病不上朝，唐主派安重诲前往劝慰，孔循才入朝管事。

任圜伐蜀成功后，还有余钱百万留在了成都，于是命大臣赵季良把剩下的钱运回京城。

但西川节度使孟知祥不肯听命，还扣押了赵季良。于是安重诲就想设法除掉这个祸患，他又派李严前去招抚。

李严到了属地，孟知祥假意迎接他入城，还设宴款待。可没多久，孟知祥就露出真面目，命部将杀了李严。

李严十分害怕，急忙跪地求饶，孟知祥对他说道："蜀人因为害怕你才想杀了你，这并非我本意，不杀你的话难平众怒啊！"说完就命人了结了李严的性命。

接着，孟知祥上表朝廷，给李严安了个罪名，还请授赵季良为节度副使。

唐主李嗣源还想以德服人，于是又派人去蜀地劝慰孟知祥，还把孟知祥的儿子一同送去，孟知祥见到儿子，非常高兴。

宰相任圜与安重诲经常一起商议政事，但他们总是意见不合。后宫中有人挑拨唐主李嗣源与任圜的关系，说任圜轻视陛下，唐主因此疏远任圜。

觉察到皇帝态度转变的任圜主动提出告老还乡的请求，唐主同意了，于是任圜回到磁州养老去了。

宣武军节度使朱守殷突然收到唐主出巡汴州的消息，顿时有些惊慌，以为唐主是针对自己而来。

判官孙晟（shèng）劝朱守殷先发制人，于是朱守殷带军反叛，登城拒守。唐主立即调兵火速赶往汴城，天还没亮的时候，大军已经赶到城下了。

朱守殷听到城外的动静，急忙起身召集士兵开门迎战，两军一直杀到黎明，未分胜负。

这时唐将石敬瑭率兵赶来，杀得汴军人仰马翻。朱守殷眼看敌不过，正想退回城内，却看见唐主正驾着马车往这边赶来，他不由得心慌意乱，转头一看，城上的将士已经举白旗投降了。

朱守殷自知无路可退，便拔刀自刎了。

唐主入城后，搜捕余党，一共诛杀了上百人。而安重诲对任圜一直心存怨恨，于是就诬陷任圜与朱守殷串谋，并秘密派人到磁州，给任圜颁布了一道假诏书，将他赐死。

任圜好像知道会有这么一天似的，也没有反抗，他与族人畅饮一番后，喝毒药自尽。

安重诲冤杀任圜以后才将这事禀告唐主，唐主也没有追究安重诲假传圣旨一事。可以说唐主对安重诲是极其宠信的。

# 19. 安重诲权倾朝野

唐主李嗣源原本有两妻一妾，他的正室是曹氏，曹氏只生了一个女儿；次妻是夏氏，夏氏生了两个儿子，一个叫李从荣一个叫李从厚；还有一个小妾魏氏，就是李从珂的生母。

此外，李嗣源还有一个十分宠爱的妃子王氏，王氏是由安重诲引荐给李嗣源的。这王氏本是梁将刘鄩的侍女，生得美若天仙、楚楚动人。

而且王氏还带着几万的钱财交给李嗣源，李嗣源得了美人和钱财，更是喜上加喜，不久就封王氏为德妃。

王氏还深得皇后曹氏的信任，曹氏因体弱多病所以将内宫事务都交给王氏处理。

身居高位的王德妃没有忘记旧恩，她经常在唐主面前说安重诲的好话，还为安重诲的女儿说媒，想要皇子李从厚娶安重诲的女儿为妻，唐主也高兴地答应了。

哪知安重诲却入朝推辞，完全辜负了王德妃的一片好意。那为何安重诲会拒绝这大好姻缘呢？

原来是孔循从中作梗，他为了让自己的女儿嫁给皇子，就故意对安重诲说道："你现在身居要职，不该再与皇室通婚，否则会引起主上的猜忌，说不定就把你调到外地去了。"

安重诲和孔循的关系很好，他听孔循这么一说，以为孔循是为自己好，于是极力推辞婚事。

后来，孔循就托人找到王德妃，拜托她促成自己女儿与皇子的婚事。王德妃因为安重诲辜负了自己的一片好心，心里有些不舒服，见孔循来求，就帮他办成了此事。

安重诲得知这事以后，极为生气，他立马向唐主请奏将孔循调到外地去了。

安重诲因为受唐主的恩宠，行事越发嚣张，有时候对待唐主都是骄横无礼的态度，唐主对他渐渐起了疑心。

契丹平静了一段时间后又多次派兵侵犯唐国边境，唐国急忙派兵镇守，需要定州这边供应一些军需。

义武节度使王都，镇守定州十多年了，他见朝廷来报却不愿供给，最后在心腹的劝说下准备起事。他本想联合各镇一同起事，却

## 19. 安重诲权倾朝野

遭到拒绝。

后来他的谋反之事被王晏（yàn）球告发给朝廷，唐主即刻命王晏球为招讨使，让他带兵攻打定州。

此时，骑虎难下的王都只能调兵坚守，他担心自己兵力不足，又向契丹许以重金，希望他们发兵支援，契丹派秃馁（něi）率领一万骑兵前来相救。

随后，秃馁大军与王都合兵进攻王晏球。王晏球的军队经过几番苦战将王都和秃馁的军队全部击败。唐主下令赦免了契丹军的头目，将其他俘虏的契丹兵全部处死。

王都和秃馁战败后逃回了城内，唐主也没有派人急攻。第二年的时候，定州城内发生内乱，城内有人打开城门迎王晏球的军队入城。王都十分绝望，全家人自焚而死，秃馁也被唐军抓住，就地斩首。

王晏球凯旋，唐主对他大加赏赐。王晏球非常谦虚，唐主对他更加看重了，接连给他升官，后来王晏球病逝，唐主又追赠他为太尉。

这时，吴国的丞相徐温也病死了，吴主杨溥自称皇帝。逃到吴国的高季兴向吴王称藩，吴王封他为秦王。

后来，高季兴去世，他的长子高从海却不愿再依附吴国，就对部下说道："唐国在我们的近处，吴国在我们的远处，我们舍近求远不是长久之策啊！不如臣服于唐国。"

高从海说干就干，立马派人带着金银向唐廷求和，唐主也很大度地赦免了他之前的罪过，还任命他为节度使，追封高季兴为楚王。

唐主李嗣源继位后，励精图治，不贪图享乐，而且非常体恤百姓，国家在他的治理下日渐兴盛，四方也没什么大的战事。

唐主的养子李从珂因屡立战功，变得非常骄傲自大，目中无人。

一次，他与安重诲一起吃饭，两人各自夸耀自己的功绩，说着说着就争论起来。李从珂本就是一介武夫，一言不合就想动手打安重诲，还好安重诲及时躲开了。

酒醒之后的李从珂想起昨晚的失态之举，急忙向安重诲道歉，安重诲假意原谅了他，但心底却对李从珂怀恨在心。

后来，安重诲找了个机会赶走了李从珂。李从珂知道自己被安重诲陷害，于是去向唐主亲自解释，唐主却不听他的辩解，让他立马回到驻地。

安重诲又三番两次向唐主弹劾李从珂失守河中的罪责，唐主生气地说道："当初我们家境贫寒，全靠我儿背石灰、收马粪赚钱养家，现在朕贵为天子，还不能庇佑我儿吗？你们现在到底想怎样处罚他呢？"

安重诲不敢做裁决，只说听陛下的安排，于是唐主李嗣源就下令命李从珂闲居在自己家中。

为了制约两川之地，安重诲向唐主献计，一是把蜀地分割，二是增派朝廷官员牵制蜀地节度使。唐主大赞安重诲的计策，并下令安重诲调度安排此事。

但是朝廷派来的节度使李仁矩与东川节度使董璋有过节，李仁矩向朝廷接连发密报说董璋要造反。安重诲与李仁矩私交甚密，当然相信他的话，于是就让武信军节度使夏鲁奇整顿城防，严阵以待。

董璋见朝廷这番操作十分惊慌，只得设法自救。他本与孟知祥不和，但此刻为了求得外援，就主动向孟知祥示好。

孟知祥考虑到自己与董璋目前的处境差不了多少，于是答应和

## 19. 安重诲权倾朝野

他抱团取暖。他们两人先是联合上奏请求朝廷收回之前下达的命令,但是唐廷只是安抚他们,并未更改诏令。

朝廷还继续增派兵马前往两川,董璋这时已经忍无可忍了,直接起兵造反。

唐主召群臣商议军事,安重诲进言道:"臣早料到两川会生变,但陛下一直不肯发兵征讨,才会导致今天的局面啊!"

唐主说道:"我不负人,人却要负我,现在不得不发兵了。"于是唐主立即派利州、遂州、阆州三州兵马讨伐董璋。

孟知祥得知朝廷的行动后就派人约董璋一同起兵,董璋带兵攻打阆州,孟知祥带兵攻打遂州。

阆中守将李仁矩本就是个糊涂虫,没什么指挥作战的才能,一点也不得军心,他与董璋大军交战数次后惨败,李仁矩与家人全部被杀。

## 20. 两川动乱

阆州失守后，唐主下令削去董璋的官爵，杀掉了董璋的儿子董光业，并派石敬瑭、夏鲁奇等人率兵攻打蜀地。

唐主还想笼络孟知祥，但孟知祥已经和董璋一起造反了，他们二人分兵出击，孟知祥派人攻打遂州，董璋带兵向利州出发。

哪知因为粮草供应不上，董璋只好带着兵马退回阆州。孟知祥得知后大惊。又过了十几天，董璋这边发来急报，说唐军已经攻破剑门了。孟知祥此时气得捶胸顿足，说："董璋真是害了我啊！"于是孟知祥立即派兵前往剑州镇守。

此时唐军也已经翻过北山，正在山下扎营，准备黎明时分攻打剑州。不料唐军却遭到西川牙内指挥使庞福诚等人的偷袭，唐军被吓得逃回剑门，十多天不敢出兵。

这时，孟知祥派出的几路人马已经陆续来到剑州，董璋也派兵前来驻守，剑州现在有足够的兵力对抗唐军了。

唐主又下令削去了孟知祥的官爵，并催促石敬瑭立刻率兵攻打剑州。孟知祥这边也时刻准备着抵御敌军的进攻。

两军第一次交战，石敬瑭的人马就被蜀兵击退。于是他向唐主汇报说蜀地险要，不易攻下，希望唐主能制订其他更好的作战计划。

## 20. 两川动乱

这时候，安重诲毛遂自荐愿意西行解决蜀地问题，唐主高兴地答应了他的请求，安重诲得令之后快马加鞭向西行进。

而石敬瑭得知安重诲要来，很是忧心，害怕安重诲夺了他的兵权。于是他上奏朝廷说安重诲的到来会扰乱军心，并请求唐主将安重诲召回去。

唐主早就对安重诲心生不满了，又听人说两川的叛变是由安重诲造成的，因此对安重诲更加起疑，唐主又下了一道诏书将安重诲召回来了。

石敬瑭听说安重诲已经被召回朝廷，也生出了退意，于是就带着军队回去了。他这一撤退，利州、遂州、阆州三州全部被蜀军占据。

唐主听说石敬瑭班师回朝也没有怪罪他，只是想把罪责都推到安重诲头上。这时，安重诲收到朝廷的诏书，任命他为河中节度使，不必入朝觐见了，安重诲感到有些忧虑，随后直奔河中去了。

镇守河中的安重诲也忧心忡忡，于是上奏唐主想要辞官回家。唐主没有同意他的请求，改任他为太子太师。

安重诲的两个儿子得知了朝廷的旨意，全都偷偷来到河中寻找安重诲。安重诲见到两个儿子大惊道："你们没有朝廷的旨意，怎么能私自跑到我这来呢？"两个儿子低头没有回答。

不一会儿，朝廷就下令让安重诲把两个儿子关进监狱。安重诲无奈将两个儿子送走，他自己也觉得大事不妙，整天提心吊胆。

不久，皇城使翟光邺传下密旨，令李从璋处置安重诲。李从璋来到安重诲住处趁安重诲毫无防备之时将他杀死。

唐主听闻安重诲已死，正好把蜀地叛乱一事全归到安重诲头上。随后下令杀死了安重诲的两个儿子。

这时孟知祥已经占据西川，朝廷有意招抚他，他见自己也没什么损失就向唐主上表称谢。

而东川节度使董璋因家人被杀，不肯与朝廷讲和。孟知祥多次派人劝说董璋，但都被他骂了回去，两川同盟关系也正式瓦解。

到了夏季，董璋竟然带军攻入西川境地，攻破了白杨林镇。孟知祥得知这一消息后立即与将领商议对策，大将赵廷隐站出来说："董璋有勇无谋，一定会战败，我愿为您抓住这个老贼！"

孟知祥听后大喜，立马命赵廷隐带兵三万抵御董璋。

过了几天，孟知祥接到汉州失守的消息，无比震惊，亲自带兵赶往汉州，随后与赵廷隐会师。

不久，董璋带兵前来，孟知祥派人守住鸡踪桥，董璋见西川兵马强盛，心里有些畏惧。

两军经过一番激烈厮杀后，全都损失惨重，但最终东川兵马还是敌不过西川兵马。董璋带着几名亲兵趁机逃跑了，其余人都向孟知祥投降，孟知祥也迅速收复汉州城。

董璋一路逃到梓（zǐ）州城后被部将王晖派人杀死，王晖随后也打开城门向赵廷隐投降。

董璋一死，孟知祥直接占据两川。唐主怕他再生事端，于是派人前去安抚他，后来还封他为东西川节度使。

这时，吴越王钱镠已经病入膏肓。他召来大臣商议后事，大家都推举钱镠的大儿子钱元瓘，于是钱镠就立钱元瓘为继承人。没过多久，钱镠就去世了，享年八十一岁。

钱元瓘继位后，免除百姓的赋税，与兄弟和睦相处，挑选有才之人为官。吴越一方因此十分太平。

而闽王王延钧杀兄篡位，在占据闽地方几年后变得骄傲自大起来，他上疏给唐廷说楚王马殷和吴越王钱镠全都去世，请求唐

## 20. 两川动乱

廷授予他尚书令。

唐廷没有同意王延钧的请求,王延钧心中很是不满,干脆自称皇帝,设置百官,在闽地称霸。唐廷现在也没有精力征讨他,就由他去了。

外部动乱刚刚消停下来,唐朝内部又出事端,原来是唐主的几个儿子自相残杀。

唐主李嗣源有四个儿子,长子已经去世,唐主给次子李从荣与三子李从厚都封了官,基本上算是一视同仁的。

但这两个儿子性情截然不同,李从厚为人谨慎沉稳,李从荣的性情则急躁轻率。唐主多次派人劝说李从荣,但他依旧没有改正。

后来,唐主身边的近臣上表请奏立李从荣为太子。李从荣听到这个消息急忙入见唐主,并恳切地说道:"儿臣现在年纪还小,愿意学习治国治民的策略,不愿担此大任啊!"

唐主回答道:"这只是群臣的意见,朕还没有决定呢!"

后来,群臣明白唐主的意思,又害怕得罪李从荣,就在他的授意下上表请奏唐主任命李从荣为天下兵马大元帅。

唐主准奏了,李从荣这下手握兵权,地位更在宰相之上,他当然是八面威风,人人敬畏了。

## 21. 帝位之争

唐朝的大臣们见秦王李从荣专权,都怕得罪了他惹祸上身。其中最害怕的是枢密使范延光、赵延寿两人,他们多次想辞官,但唐主一直没有允许。

李从荣曾对属下说:"我要是当了皇帝,一定要杀光那些权臣,为朝廷扫清障碍!"

范延光与赵延寿听到李从荣的这番话更是吓得不轻。赵延寿是唐室驸马,他请求公主替自己说情,如愿调到了外地任职。

而范延光就没有那么幸运了,他想了各种办法也行不通,只好忍痛拿出所有积蓄派人联络上王淑妃,请她替自己求情,最后也成功调出朝廷了。

当时朝中其他大臣也人人自危,有一大半都要求调到外地去,被准许的人满心欢喜,不被准许的人就忧心忡忡。

长兴四年(933年)十一月的时候,唐主觉得病好了一些就出宫赏雪去了,这一去又感染上风寒,一直昏睡不醒。

李从荣与大臣们都来探望唐主,但他仍然没有醒来。当一行人走到门外时,突然听到宫中传来哭声,李从荣还以为唐主已经驾崩,他回到府中等着宫人迎接自己即位。

哪知李从荣一直等到黎明也没有任何消息,于是召集同党商

议,最终想出一条妙计,他们打算借入宫侍奉唐主为由,带兵入宫,再制服权臣。

李从荣将这个想法告知大臣朱弘昭和冯赟(yūn),朱弘昭和冯赟拒绝了李从荣的提议,而且派人将这件事告诉给王淑妃。

王淑妃生气地说道:"主上的身体已经好多了,今天早上还喝了一碗粥,应该脱离危险了,李从荣怎么敢心怀不轨呢?"为了防范李从荣,王淑妃立即派人召康义诚进宫护驾。

唐主李嗣源昏睡了一天一夜后,身体好多了,胃口也不错。宫外的李从荣一点也不知道宫中的情况,他以为唐主已经去世,宫中秘不发丧,是想迎立他人为帝,于是打算先下手为强。

夜间,李从荣召集千名士兵在天津桥列阵,并派人拉拢冯赟。康义诚因为自己的儿子在李从荣军中,所以一时也不敢轻举妄动。

不久,守兵大声喊道:"秦王已经带兵到端门外了。"孟汉琼听到后,立马跑进殿门,朱弘昭与冯赟二人也跟着一起去了。

孟汉琼拜见唐主后说道:"李从荣造反了,已经带兵攻入端门了!"唐主听到大吃一惊,立即追问朱弘昭、冯赟二人。两人齐声回答:"确有此事,现在已经派人关闭宫门了。"

唐主指着天痛哭,对着众人说道:"劳烦你们处理这件事了,切勿惊扰百姓。"

随后,唐主派李从珂的儿子李重吉闭守宫门,孟汉琼也带兵征讨李从荣。见大军到来,李从荣这边明显势单力薄,他手下的士兵也害怕受牵连,全都一哄而散。

李从荣狼狈逃回府中,后被追来的士兵杀害,他的妻子刘氏与小儿子也都被杀害。

唐主听闻李从荣被杀,又悲伤又害怕,病情也加重了。后来,李从荣的另一个儿子和同党也都被处死。

## 21. 帝位之争

接着,唐主命孟汉琼召回宋王李从厚。李从厚赶回宫时,唐主李嗣源已经死了三天了,享年六十七岁,一共在位八年。

李嗣源死后,宋王李从厚继位。他称帝后,赏赐了内外将士。唯独加封孟知祥为校检太师时,孟知祥不肯领命。

原来孟知祥野心勃勃,竟然想建国称帝。孟知祥的手下得知了他的心思,也纷纷劝他称帝。孟知祥假意推辞一番后,命人草拟帝制,择日登基为帝。

孟知祥称帝后,建国号为蜀,史称后蜀。散关以南的各州见孟知祥称帝,纷纷向他投降。

过了几个月,孟知祥设宴款待各位投降的将领。不料饭局结束以后,孟知祥突然中风了,等到秋天时就去世了。他留下遗诏立儿子孟仁赞为太子,承袭帝位。

后来,孟仁赞改名为孟昶(chǎng),这一年他才十六岁。

而唐主李从厚称帝后，对潞王李从珂产生猜忌之心。他先将李从珂的儿子李重吉调到外地，又将李从珂的女儿召入宫内。

李从珂得知唐主的做法，知道自己已经遭到新主的猜忌了，心里有些不安。

后来，唐主李从厚听从近臣的请奏，让潞王李从珂改镇河东，兼北都留守。李从珂接到诏令后心中更觉不安，于是就和手下商议对策，众人讨论一番后决定以清君侧的名义起兵造反。

唐主李从厚得知李从珂造反，就下令让王思同、药彦稠、苌从简等人带兵讨伐李从珂。王思同等各路兵马齐聚凤翔城下，战鼓声响彻云霄。

李从珂与城内将士根本抵挡不住敌人的进攻，万般无奈的李从珂登上城楼，对着将士痛哭说道："我不到二十岁就跟着先帝南征北战，出生入死，如今遍体鳞伤才打下本朝基业，你们也都看到我的辛劳了。现在朝廷信任奸臣，猜忌骨肉，一定要置我于死地，可我又有什么罪过呢？"

内外的将士们听后也跟着大哭起来。这时，西门外跳出一员大将，仰头大呼道："大相公才真是我主啊！"说完就带着众人向李从珂投降，李从珂大喜，急忙开门迎入众人。

这位率众投降的大将正是西门攻城指挥使杨思权，李从珂还答应了杨思权的请求，攻克京城之后就封他为节度使。

接着，杨思权又招降了尹晖等降军。王思同看见各军都入城投降，顿时惊慌失措，然后就与安彦威等人一起逃走了。

李从珂见敌军已走，就拿出财物犒劳投降的将士，大家都很高兴。接着，他就整顿军队，向东进发。

唐主李从厚收到王思同兵败的消息后惊慌得不得了，急忙召集近臣入宫商议对策。大将康义诚极力请求亲自带兵守住要冲，

## 21. 帝位之争

抵御敌军，唐主也想不到更好的办法，只好答应了他的请求。

李从厚见康义诚带兵出去，还以为此战必胜，于是下令诛杀了李从珂的儿子李重吉，然后一心等着康义诚的捷报。

不久，李从珂的大军进入华州，各州各城无一拒守，李从珂此次东行十分顺利。后来，李从珂在部下的建议下派人写了封信送入京城，说是大军进城后，除了朱弘昭、冯赟两人的家族不赦免，其他人都各安旧职，不必担心。

京城巡检安从进收到信后，专门派人等待李从珂大军的到来，好开城门迎接。

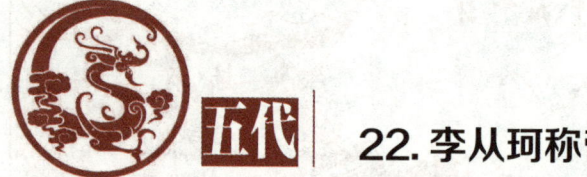

## 22. 李从珂称帝

唐主李从厚这边还在催促康义诚速速进兵，哪知康义诚的军队到了新安以后，将士纷纷丢盔弃甲逃往陕州投降李从珂去了，康义诚见状也让人带着自己的信物去向李从珂请降。

实际上康义诚这次自请出兵也不是为了攻打李从珂的，而是想迎降李从珂，自己能抢一个首功。

康义诚大军投降的消息传入京城，唐主焦急万分，急忙召朱弘昭进宫。朱弘昭收到诏令以为自己大难临头，竟然投井自尽了。

京城巡检安从进听闻朱弘昭已死，领兵来到朱弘昭府上砍下了他的首级，接着带兵杀了冯赟及其家人，然后把朱、冯两人的首级送到陕中。

唐主李从厚得知朱弘昭和冯赟全部被杀，知道自己也危在旦夕了，于是打算逃到魏州去。

慕容迁是李从厚的爱将，他见李从厚出城门，便应声说："陛下请先行一步，等臣召集部下，一起护卫吾皇！"可李从厚刚一出门，门就关上了，关门的正是慕容迁。

朝中大臣见天子出逃，也都不知所措，只能静观其变了。

李从珂还在陕中，康义诚来到陕中向李从珂请降，李从珂暂时将他留在身边。随后，他一面派人给太后送信，一面领军向洛阳进发。

## 22. 李从珂称帝

到了渑（miǎo）池，遇到孟汉琼来投降，孟汉琼跪在地上大哭求饶，李从珂毫不犹豫地杀死了这个两面三刀的小人。

不久，李从珂大军来到蒋桥，臣早已在此列队迎接他们了。冯道等人再三劝李从珂称帝，李从珂对他们说道："我不是来争夺皇位的，实在是形势所逼，等皇帝回来后，我还是回到我自己的封地去。"

第二天，太后下令废李从厚为鄂（è）王，命李从珂掌管军国大事。又过了一天，太后又传来教令，说是潞王李从珂应该继皇帝位。这次，李从珂没有推辞，在百官的朝贺下即位称帝。

故主李从厚从玄武门逃走后，回头一看，城门已经紧闭，他知道慕容迁背叛了自己，心灰意冷的他只好带着五十个骑兵向前继续走了。

到了卫州东境的时候，李从厚遇见了河东节度使石敬瑭。李从厚向石敬瑭说明来意，石敬瑭没有答话，只是长叹。

接着石敬瑭建议李从厚拉拢卫州刺史王弘贽共谋复兴大业，李从厚答应了。

石敬瑭找到王弘贽想让他出手相助，可被王弘贽婉言拒绝了。石敬瑭将王弘贽的话转告给李从厚，李从厚听后流下眼泪。

这惹恼了李从厚身边的卫士沙守荣等人，他们怒斥石敬瑭居心不良，接着就拔出刀想要刺杀石敬瑭。石敬瑭的部将上前与他们打斗，沙守荣等人抵挡不住，全被杀害。

李从厚这时已经吓得缩成一团，不敢出声。石敬瑭留了李从厚一命，然后带兵往洛阳奔去。孤立无助的李从厚只能躲在驿站中，任人发落。

后来，王弘贽的儿子王峦奉命杀害了李从厚，李从厚去世时年仅二十一岁。李从厚死后，李从珂又派人杀了他的妃子和四个儿子，才觉得没有后顾之忧了。

## 22. 李从珂称帝

　　李从珂将李从厚葬在徽陵界内，墓上的土才几尺厚，也没有任何装饰，看着非常凄凉。

　　不久李从珂又下令犒劳众将士，没想到国库里已经没什么钱财了。于是他下令派人搜刮百姓的财物，但搜刮了好几天才得到两万贯钱财，李从珂大怒，下令军士加大搜刮力度。

　　这一举措弄得百姓叫苦不迭，那些拿不出钱来的穷苦百姓纷纷投井自尽，或者上吊自杀，十分凄惨。此外，李从珂再次下令搜刮宫中的财物。尽管如此，搜刮来的钱财仍是远远不够。

　　李从珂思前想后也找不到其他方法筹集钱财了，后来他听从了大臣李专美的建议，按现有的钱财来犒赏各军。

　　但是军中将士对这次赏赐并不满意，渐渐生出一些流言蜚语，当时军中还流传这样一句话："去却生菩萨，扶起一条铁。"生菩萨指的是故主李从厚，一条铁指的是新主李从珂。

　　石敬瑭从卫州入朝拜见新帝，两人假意寒暄一番后，李从珂将石敬瑭留在京都任职。石敬瑭担心唐主会加害于他，整日愁容满面，渐渐抑郁成疾，瘦成皮包骨。

　　后来，石敬瑭的妻子永宁公主和曹太后多次替石敬瑭求情，唐主李从珂就命令石敬瑭回到河东镇守。石敬瑭收到诏令，乐开了花，急忙赶回河东。

　　唐主李从珂也整顿好朝廷内务，安安稳稳地当皇帝去了。

　　闽主王延钧已经称帝，他封长子王继鹏为福王，册妃陈氏为皇后。可这闽主生性多疑，还重用奸邪小人，群臣因此心生不满。

　　因为身体不适，闽主王延钧将一切政事都交给儿子王继鹏处理。王继鹏的弟弟王继韬与王继鹏素来不和，于是王继韬与李可殷结为同党想秘密杀掉王继鹏。

　　不料他们的计谋被王继鹏察觉，王继鹏趁王延钧病情加重之时，与李仿密谋杀掉了李可殷。

这李可殷是皇后的情夫，皇后爱人已死，急忙找王延钧哭诉。王延钧清醒之后，急忙召李仿进宫问罪。李仿含糊地回复说等事情查明再来复旨，说完急忙溜走了。

出宫之后，李仿立刻找到王继鹏，两人一商量，干脆一不做二不休，带着士兵直接冲入宫中。

王延钧此刻正在帐中休息，突然听见宫外传来阵阵喧闹声，他想起身却全身疲软，无法下床。随后，众多卫士一拥而入，把王延钧身上刺了好几个窟窿。皇后来不及逃走当场被杀，王延钧身边的守卫也都被杀害。

王继韬听闻宫中发生变故打算逃跑，他刚逃到城门口，就碰到了李仿，李仿拔刀一挥，王继韬顿时殒命。

闽主被刺后还没断气，只能痛苦地呻吟着，无奈之下他命宫人割断自己的喉咙，这才毙命。

王继鹏弑父杀弟，还把仇人全部消灭，当然高兴得不得了，于是假传皇太后的命令，即日开始监国。到了晚上，没一人敢反对，便擅自称帝，群臣都跪拜称贺，王继鹏随后改名为王昶。

而主张弑君的李仿也没落到好下场，王继鹏担心李仿心怀不轨，暗中派人将他杀害，而且还把他的首级悬挂在宫门外，并向百姓揭露他弑君及杀害王继韬的罪行。

李仿的部众不服，一起攻打应天门，王继鹏派军抵御叛军。这些部众眼看不能得逞，就把李仿的首级夺去，向吴越奔去了。

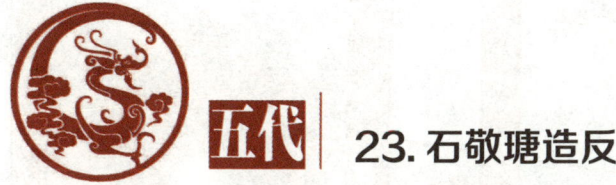

## 23. 石敬瑭造反

河东节度使石敬瑭到了晋阳之后,还是担心遭到唐主的猜忌,所以经常称病不理政事。

石敬瑭的两个儿子都在京都任职,他暗自嘱咐两个儿子替他打探宫中的消息。于是他们买通了太后身边的人,有什么消息都向石敬瑭传报。所以即使石敬瑭坐在家中,对朝廷之事仍然了如指掌。

恰逢契丹多次侵犯边境,禁军大多屯兵在幽州。石敬瑭与幽州节度使赵德钧联名上表,希望朝廷可以增援粮草,唐主下诏将镇州、冀州的粮食运到幽州去。

当时发生大旱,百姓没有饭吃,又苦于徭役,加上石敬瑭催促得急切,不免有一些抱怨的声音。

凑巧的是朝廷派使者前来,赐给石敬瑭麾下士兵衣物,军士们全都欢呼雀跃,唯有石敬瑭一人暗自忧心。

幕僚段希尧向石敬瑭进言说:"这是唐主笼络人心的把戏,将士们现在眼里已经没有主帅了,以后如何调遣他们?"

石敬瑭立即派人查出带头人,并将他们处死。朝使将这件事转告给李从珂,李从珂因此对石敬瑭更加猜疑,他派武宁军节度使张敬达为北面行营副总管,暗地里监视石敬瑭。

清泰三年(936年)正月上旬是唐主李从珂的生日,石敬瑭的

妻子也来给唐主祝寿。祝完寿公主就准备回去，李从珂趁着酒意说道："才到京城就赶着回去，莫非是想和石郎一起造反吗？"

公主听到这话不禁低头退出，回去之后她就把唐主的话转告给了石敬瑭。石敬瑭更加害怕了，他立即写信给两个儿子，让他们把京都的财产转移到晋阳。此时京都已经谣言四起，纷纷传言河东要造反。

这时，石敬瑭突然递上奏折说自己病痛缠身，乞求解除兵权或者将自己调到其他地方去。

唐主收到石敬瑭的奏折，知道他并非真心，但还是乐得同意了他的请求，于是下令将石敬瑭迁为天平节度使，并派人催促他尽快启程。

石敬瑭慌忙召集手下，对他们说："主上真的是猜忌我，想置我于死地吗？"

## 23. 石敬瑭造反

不少部下都劝石敬瑭先听从主上的旨意再作打算,但刘知远与桑维翰二人却劝石敬瑭趁早起事,谋取大业。

二人的话激起了石敬瑭的雄心壮志,他对二人说道:"我也想谋取大业,可是凭我们现在的实力,根本没法与朝廷对抗啊!"

桑维翰又进言说:"只要您诚心服从契丹,我们就可以借助他们的力量来对抗朝廷。"

石敬瑭听了桑维翰的话顿时放下了心,随后就命桑维翰起草表文,请唐主李从珂让位。

李从珂看了奏表,顿时火冒三丈,将表书撕个粉碎,并立马下诏斥责石敬瑭。

石敬瑭这边本来就打算与唐主撕破脸,而且已经向四方传达檄文,约契丹一同起兵造反。檄文发出后,也得到不少地方首领的响应,石敬瑭高兴地迎入他们。

不久唐主下诏削去石敬瑭的官爵,并派张敬达、张彦琪等人率兵征讨石敬瑭,大军很快杀入太原。

石敬瑭感觉形势不容乐观,立马派人去向契丹求助。随后,又有噩耗传来,石敬瑭的弟弟和儿子全部被杀害。石敬瑭听到这个消息悲痛欲绝,更坚定了反叛的决心。

随后,石敬瑭命人草写表书向契丹称臣,并愿意以父礼相待来乞求契丹发兵相助,还表示事成以后割让雁门关以北的各州给契丹作为酬谢。

契丹主耶律德光曾梦见神人指示他去帮助石郎,如今石敬瑭真的派使者来寻求帮助,耶律德光认为是上天让他帮助石敬瑭,当即就写信告知石敬瑭契丹定会倾尽全力帮助他。

石敬瑭收到耶律德光的来信自然是高兴不已,立即下令准备战事。

几天后,张敬达率军来攻打晋阳,石敬瑭派刘知远率兵抵御。刘知远深得军心,将士们也都顽强抵抗,一刻都不松懈。张敬达屡次攻城都没能成功。

唐主李从珂也派人催促张敬达速速攻下晋阳。这时正值秋雨连绵,营垒被冲坏了不少,张敬达也很焦急。

而晋阳城中粮食出现短缺,石敬瑭非常焦急,只是日夜期盼契丹兵前来救援。

盼星星盼月亮,契丹兵如约而至,契丹主号令士兵说:"我们这次是奉了天帝的旨意出战的,你们不要害怕,尽管向前进!"

在契丹兵与刘知远大军的夹击下,张敬达的军队惨败而逃,死伤一万多人,晋阳就此解围。

石敬瑭随即准备酒菜犒劳契丹士兵,与契丹主耶律德光更是以父子礼相待,相处非常融洽。

## 23. 石敬瑭造反

逃到晋安寨的张敬达自知无力再战,于是派人向唐主禀明战况,并乞求唐主派兵支援。唐主李从珂心急如焚,急忙派遣各路军队共同援救晋安寨,并打算御驾亲征。

到了河阳,李从珂又听从卢文纪的建议留守河阳,然后派遣赵延寿前去督战。赵延寿领命出发。

唐主李从珂几天都没接到军报,于是召集群臣商议御敌之策,但是讨论来讨论去也没什么好方法。

赵德钧请奏唐主表示愿意调集兵马,解救晋安寨。他与儿子赵延寿在潞州相见,赵延寿将手里的二万士兵全部交给赵德钧调遣。

而赵德钧这次毛遂自荐并不是真心为国平乱,而是想趁火打劫、要挟君主,他请奏唐主派赵延寿到镇州驻扎,并任命他为成德节度使。唐主察觉到赵德钧图谋不轨,坚定地回绝了他的请求。

赵德钧知道后便派人带着黄金财物去贿赂契丹主,并向契丹主进言说:"如果我主赵德钧做了皇帝,我们一定可以平定洛阳,到时候必定与契丹结为兄弟国,永不背盟,而且让石郎镇守河东永不侵犯,我主事成之后必定厚礼相报。"

这番言语把耶律德光哄得心痒痒,他当然也想得到一些好处,就安然归国。于是他留下赵德钧的使臣慢慢商量此事。

石敬瑭这边收到消息自然坐不住了,急忙派桑维翰前去拜见耶律德光。桑维翰极力劝说耶律德光不要轻信赵德钧,但耶律德光根本不听。

桑维翰见状就一直跪在帐前,从早到晚,一直哭着劝说契丹主,契丹主无法辩驳,还是打算继续支援石敬瑭。

## 24. 儿皇帝石敬瑭

石敬瑭得知耶律德光将继续支援自己自然十分欣喜，于是亲自来到契丹军营拜谢耶律德光。

耶律德光高兴地说道："我千里迢迢赶来帮助你，当然希望成功而去，我看你的气貌是可以做中原之主的，我今天便立你为天子可好？"

石敬瑭听了这番话像吃了蜜一般甜到心坎了，但是明面上又不敢立即答应，只是支支吾吾地拒绝了耶律德光的提议。

耶律德光又劝道："如今立你为帝才能让中原有主，不要再推辞了。"

石敬瑭这次才勉强答应下来，他返回军营后，众将士都得知了这个消息，于是大家都推举石敬瑭称帝。

接着，石敬瑭先接受契丹主册封为晋王，之后，契丹主又以父亲名义让他登基称帝，国号大晋，史称后晋。

石敬瑭称帝以后，又到契丹军营拜谢耶律德光，表示愿意割让幽州、瀛（yíng）洲、莫州等十六州给契丹作为酬谢，另外还承诺每年给契丹进贡三十万匹布帛。耶律德光得了这么多好处高兴得笑不拢嘴。

随后，两军相约一同攻打晋安寨，晋安寨已经被围困几个月

## 24. 儿皇帝石敬瑭

了,一直等不到援兵,而且城中的粮食已经所剩无几了。

军中守将纷纷劝主将张敬达投降,但张敬达丝毫没有投降的意思,他对着众人说道:"你们可以投降,但我绝不投降,背主求荣的事情我坚决不做!"

张敬达的部下杨光远却暗自责备张敬达,他随即找了一个机会将张敬达杀害,接着打开寨门向契丹投降。

成功拿下晋安寨后,石敬瑭想留一个儿子镇守河东,他跑去询问耶律德光的意见。

耶律德光让石敬瑭把儿子们叫出来看看,经过仔细地端详,耶律德光选中了石敬瑭的养子石重贵。

晋阳已经找到人把守了,于是耶律德光和石敬瑭两路大军一起向南进发。

石敬瑭的前锋军到了团柏时,赵德钧父子不战而逃,支援晋安

寨的几路大军也相继溃散,军士自相践踏,伤亡无数。

唐主现在还在怀州,还没有得知各军的战况,直到刘延郎等人狼狈逃回,他才知道晋安和团柏已经失守,石敬瑭称帝等事。唐主得知这一切,吓得不知所措,后来在大臣的建议下先回洛阳,再作打算。

李从珂从怀州到了河阳以后,听说京都现在一片慌乱,不少百姓都逃亡了,一时不敢回城。于是他打算暂时待在河阳,并派人招抚逃散的士兵,准备复兴。

谁知这时已经是人心离散,众叛亲离了,赵德钧与赵延寿早已向契丹投降,现在被耶律德光押往西楼。

后来赵德钧被述律太后打入狱中,直到耶律德光北归才将他们父子放出来,赵德钧最终郁郁而终,他的儿子赵延寿做了翰林学士。

晋王石敬瑭到了潞州以后就想领军南下,而契丹主耶律德光想要北归,两人饮酒道别,耶律德光对石敬瑭说:"我在这里暂留几天,你要是有危险,我立马来救你,你要是成功平定洛阳,那我就北归了。"

石敬瑭听了契丹主的话那是感激涕零,两人更是紧握双手,依依不舍。随后,石敬瑭向耶律德光告别,并与护送他的契丹将领高谟翰一起向河阳进发。

而唐主李从珂在张彦琪等人的建议下带军回到洛阳,随后他命令符彦饶、张彦琪等人到白马阪驻守,哪知他们见晋军渡河而来,全都吓得退回去了。李从珂还想与诸将领一起商议收复河阳之事,可他们一句话都不说。

不久,警报接连传到唐廷,说是那胡兵千骑已经朝着洛阳杀来了,李从珂仰天长叹道:"这是要断了我的活路啊!"

回到宫中,李从珂见到曹太后和王太妃瞬间泪如雨下,她们也

## 24. 儿皇帝石敬瑭

大概明白了李从珂的意思，曹太后已经无惧生死了，而王太妃连忙带着许王李从益逃走了。

李从珂拿上传国玉玺，带着曹太后、刘皇后、次子李重美和都指挥使宋审虔等人登上玄武楼，准备自焚。

接着，一把大火燃烧起来，李从珂等人也都葬身于这熊熊烈火之中。

唐主李从珂一死，京城诸将开城投降。晋主石敬瑭带兵入城后命人扑灭玄武楼的大火，还命令将士全部回到军营，禁止劫掠百姓，之前逃出城的百姓也都慢慢回来了。

不久，石敬瑭登上大殿接受百官的朝贺，他下令百官仍然居旧职。李从珂被石敬瑭废为庶人。李从珂享年五十一岁，史学家称他为"废帝"。

后唐从庄宗李存勖开始算起到废帝结束，一共历经四位皇帝，

只过了十三年。

从此,后唐变成后晋,石敬瑭仍重用前朝大臣。

晋主石敬瑭虽然得到中原,但依旧担心外镇的守将不肯臣服于他。再加上连年战事,国库已经空虚,契丹又贪得无厌,今天要钱币,明天要金银,晋廷的处境更加艰难了。

为了巩固政权,晋主采纳了桑维翰的建议,他诚心招抚藩镇,送厚礼给契丹,然后训练士兵,修缮武器,务农桑通商贾。一段时间后,国内才安定下来。

耶律德光见石敬瑭已经成功得国便回去了,之前石敬瑭承诺割让给契丹的幽云十六州也归于契丹版图。

此时,吴国的徐知诰(gào)整日筹划着篡位,他还做了非常多拉拢民心的举措,但一直苦于没有机会施展抱负。于是徐知诰请奏回金陵养老,然后暗自嘱咐朝中大臣劝吴王杨溥迁都金陵,但吴王拒绝了这个提议。

徐知诰又命大臣劝吴王早从民望,传位给徐知诰,吴王又加封徐知诰为尚父、太师、天下兵马大元帅,进封齐王。

吴王的弟弟杨濛向来被徐知诰所忌惮,徐知诰害怕杨濛会对自己产生威胁,于是找了个机会除掉了杨濛。

这时,闽、越等国都派遣使者劝徐知诰称帝,吴王杨溥也已经成了傀儡皇帝,他为了保命也乐得让国。

于是徐知诰在众人的推举下称帝,建国号为大齐。徐知诰称帝后封自己的几个弟弟为王,他身边的近臣也都得到重用。

杨溥后被迁往丹阳宫,不久就抑郁成疾,病死在丹阳宫,后来太子杨琏也死于池州。

后来,徐氏子弟请求徐知诰恢复原姓,徐知诰假意谦让一番后,在百官的多次劝谏下恢复李姓,改名为李昪(biàn)。他自称是唐宪宗儿子建王李恪的四世孙,因此又改国号为唐,史称南唐。

## 25. 后晋危机

石敬瑭称帝后，颁诏招抚各镇，天雄军节度使范延光不得已奉表请降。

范延光年轻时听一算命先生说他能做将相，后来预言成真了，范延光十分信任这个算命先生。后来，算命先生又预言范延光可以做帝王，范延光自然深信不疑。

因此，范延光暗地里拉拢齐州防御使秘琼一起造反，但是秘琼并没有回复他，范延光担心秘琼泄密，于是派人暗杀了他。

随后，范延光开始整顿军队，意图起兵叛变。晋主听闻这个消息，颇为担心，后在桑维翰的建议下迁都大梁，以便发兵征讨。

于是，晋主石敬瑭以东巡为借口，带着百官安安稳稳地抵达了大梁。然后，晋主就下诏大赦天下，还册封范延光为临清王，凤翔节度使李从曦与平卢节度使王建立都被封王。

范延光被封了王，造反之意也消了大半，但是他的部下孙锐与澶州刺史冯晖却合谋造反。这二人趁范延光身体不适的时候擅自上表诋毁朝廷，范延光知道后将只得将孙锐臭骂一顿。

孙锐又劝说范延光现在起事必定成功，范延光听他这么一说，心中称帝的梦又重新燃烧起来，决定起兵造反。

晋主得知范延光造反，立即派白奉进、张从宾、杨光远、杜重威等人领兵抵御。

偏偏人心难测,张从宾被范延光拉拢,也加入了造反大军。张从宾带军迅速攻陷河阳和洛阳,杀死皇子石重信和石重义,大军直逼汴州。

晋主立马下令侯益与杜重威带兵一同阻击张从宾,又命刘处让从黎阳率兵前来征讨。

可远水救不了近火,汴梁城中现在已是人心惶惶,只有桑维翰镇定自若指挥军事。晋主打算逃往晋阳,桑维翰叩头苦劝,晋主这才作罢。

此时,滑州也出现大乱,白奉进来到滑州后与滑州节度使符彦饶发生矛盾,符彦饶的部下竟然将白奉进杀害了。

白奉进的部下得知主帅被杀,十分愤恨,立马起兵进攻滑州,很快就攻下滑州城,擒住了符彦饶并将他押往大梁,晋主下令将符

## 25. 后晋危机

彦饶赐死。

晋主见三镇相继发动叛乱,很是惊慌,于是向刘知远问计,刘知远回答道:"陛下现在手握强兵,外结强邻,难道还怕这些鼠辈不成?陛下只要用恩惠抚慰将相,臣再用威信驾驭士兵,恩威并施,京都自然能安定下来。"

晋主听了这番话,立马转忧为喜,就命刘知远整顿禁军。刘知远执法严明无私,众将士对他十分畏服,京都逐渐安定。

不久,晋主又派杨光远、杜重威、侯益一同讨伐叛贼。先是魏州叛将冯晖、孙锐大军被击败,接着,张从宾的万余兵马被杜重威、侯益大军杀得片甲不留,张从宾逃跑时被淹死。

范延光的几路大军被灭,自然手足无措,于是将罪状全部归在孙锐头上,还将他灭族。范延光还写信给杨光远,让他代奏朝廷,请求投降。

但晋主收到杨光远的奏报,仍继续下令杨光远进攻魏州。杨光远却刻意拖延,不愿损兵折将,一直在魏州城外围守着,没有发动进攻。

时间过去一年,魏州城还是坚守如故。晋主因为连年用兵,军民疲倦,于是派使者去招抚范延光。

经过几次的招抚,范延光才派儿子到京城作为人质,向朝廷奉表请降。晋主下令赦免叛臣,还封范延光为高平郡王,其他的叛臣也都被封了官。

平定叛军的杨光远也被封为天雄军节度使、加检校太师兼中书令。杨光远因此恃宠而骄,他见朝中大权都由李崧(sōng)和桑维翰把持,很是不满,于是向晋主上表言明他俩的执政过失。

晋主知道杨光远是有意刁难,但为了安抚杨光远还是撤去桑维翰与李崧二人枢密使的职务。杨光远见晋主如此软弱,更加肆意妄

为，经常上表指责宰相的过失。

晋主石敬瑭想扼制杨光远的势力，于是和桑维翰密谋将杨光远调到外镇去了。杨光远心里不乐意，但也只能勉强赴任。此后，杨光远也没闲着，秘密培养自己的势力。

不久，杨光远又上表称桑维翰做事不公，与百姓争利益，晋主无奈将桑维翰调到相州，另任用刘知远、杜重威为同平章事。

范延光向晋主请奏告老还乡，晋主批准了，但杨光远却上奏晋主说不能放虎归山，说不定酿成大祸，于是晋主命范延光暂且留在西京。

可杨光远却派儿子杨承贵害死范延光并抢夺了他的财物，还上奏朝廷称范延光是投河自尽的。

晋主也识破了杨光远的阴谋，但迫于他的势力，不敢拿他怎么样。随后，晋主就设计调杨光远为平卢节度使，加封东平王。杨光远无奈赶往青州赴任。

当时，契丹改元会同，国号大辽，一切制度全部仿照中原制度，之前被耶律德光俘虏的赵延寿得到重用。

晋主石敬瑭得知契丹改国号，立刻派遣使者前去祝贺，辽主耶律德光也厚待来使。晋主对待辽国那是忠心耿耿，除了每年供奉的三十万金帛之外，遇到辽国的喜事丧事，还会额外赠礼。

然而，辽国君臣上下只要对赠礼不满意的就会派使者前来问责，晋廷的百官都以此为耻，唯独晋主卑躬屈膝，诚心侍奉辽国。

辽主见石敬瑭如此忠心，就下令晋主不必称臣，只需要称儿皇帝就行了，还加封石敬瑭为英武明义皇帝。

## 26. 闽国内乱

北方稍稍安定下来之后，晋主石敬瑭又想着控制南方诸国。吴越王钱元瓘、楚王马希范、南平王高从诲都与晋国通好，关系还算和谐。

唯独闽国自王延钧称帝后，与中原很久没有往来了，王继鹏继位后给自己改名为王昶。

后来，晋主派使者前去册封王昶为闽王，王昶因自己已经称帝，拒绝了晋主的册封，晋主也没有将这事放在心上。

闽国有两个方士，一个叫陈守元，一个叫谭紫霄，这两人因法术高超受到闽王的宠信，闽王对他们是言听计从。闽王听了陈、谭二人的话，修建了白龙寺与三清殿，这些建筑修得十分气派宏伟。

陈守元与谭紫霄还派了一位叫林兴的巫师在三清殿主持事务，林兴经常借天神的名义让闽主实施号令，时间久了，闽主察觉到了林兴的意图将他流放到泉州。

闽主常常饮酒作乐，不理国事。他喝酒时会召入宗室诸王，强迫他们饮酒，趁他们喝醉失礼时将他们诛杀。闽主的堂弟就是酒醉失礼，当即被处斩了。闽主还多次因为酒后喜怒无常，屠杀宗室。

闽主的叔父王延羲（xī）为了逃避杀身之祸，竟然装疯卖傻，闽主将他囚禁在自己的府邸中。

闽主荒淫无度,花销也非常之大,因为国库钱财不够用,于是强令征收各种赋税,甚至瓜果蔬菜鸡鸭狗猪都必须交税。

王昶的父亲王延钧在位时,曾设立了两支卫军,并将它们取名为控宸都和控鹤都。王昶继位后,另外招募了两千壮士作为心腹,将他们叫作宸(chén)卫都,宸卫都的待遇比控宸都和控鹤都要丰厚不少。

这一做法引起控宸都和控鹤都将士的不满,王昶担心他们作乱,就想着把他们调到漳州和泉州去,这二都的将士惊慌不已。

控宸都军使朱文进和控鹤都军使连重遇多次被王昶侮辱,早就愤愤不平了。

恰巧这时北宫失火,王昶怀疑是连重遇放的火,打算杀了他。有人将这事偷偷告知连重遇,连重遇直接带着二都的军士,烧毁长春宫,攻逼闽王。王昶得知消息,立马带着皇后和妃子们逃到宸卫

## 26. 闽国内乱

都大营。

连重遇又派人到王延羲府中,强迫他进宫,并将他奉为主帅,军士们高呼万岁。

随后,控宸、控鹤两路大军与宸卫大军一阵厮杀,宸卫大军落了下风,剩下的一千残兵带着王昶逃出北关。

不久,王延羲的侄儿王继业就率兵追来,王昶善于射箭,很快就射杀数人,但是追兵太多了,根本无济于事,于是王昶扔了箭,对王继业说道:"你身为臣子,臣节何在?"

王继业回复道:"君无君德,臣怎能有臣节?况且新君是我的叔父,旧君是我的兄弟,谁亲谁疏,不用我说了!"

王昶无言以对,王继业将王昶擒住后将他灌醉勒死了他。皇后李春燕和王昶的儿子们全部被杀。

王昶被除掉后,王延羲自称闽王,并改名为王曦(xī),对外宣称王昶是被宸卫都杀害的。之后,王曦派使臣向晋称藩,晋主册封王曦为威武军节度使。

闽王因宫殿被烧毁,又建了一座新宫殿居住,册封李真的女儿为皇后。王曦是一位嗜酒如命的主,没想到李皇后也是如此,夫妻二人一拍即合,整日对饮,不醉不休。

一次,闽主宴请群臣,要大臣们全都用大杯喝酒,闽主的侄子王继柔不会喝酒就偷偷把酒倒入酒壶中,恰好闽主瞧见了这一幕,他气急败坏,随即就派人将王继柔拉出去斩首了。群臣见状个个胆战心惊。

不久,闽主又纳了一位尚妃,这妃子生得貌美如花,受到闽主的宠爱。每当闽主喝醉时,尚妃想杀谁就杀谁,想赦免谁就赦免谁,群臣因此很不安心,时刻担心自己的小命不保。

闽主的弟弟王延政现任建州刺史,他多次上书劝谏闽主,闽主

不但不听,还回信将他痛骂一顿,并派亲吏邺翘到建州监军。

邺翘与王延政议事常常起争执,邺翘忍无可忍地对王延政说道:"你是想造反吗?"王延政听后突然站起来,想拔剑杀了邺翘,邺翘吓得狂奔而出,跑去投靠南镇监军杜汉崇。

王延政攻打南镇,邺翘等人不敌王延政,又逃到福州去了。

闽主见邺翘跑回来,问明缘由,随后派军攻打王延政。王延政见状赶忙向吴越乞求援助,吴越王钱元瓘立马派军前去救援。

可还没等吴越的兵马赶到,王延政已经杀退敌军了,原来敌军主帅潘师逵轻率寡断,王延政略施小计就歼灭敌军万余人。

吴越军赶到时,王延政拿出好酒好菜犒劳吴越军,并对他们说敌军已经杀退,请他们回去。

但吴越军统帅仰仁诠不愿空手而回,他下令士兵在城西北方安营扎寨,想为难建州。

王延政这下慌了,因为建州军已经打了几场大仗,人马疲乏,没有精力再战了。无奈之下的王延政只能向闽主求救,他找来一个文笔极好的人,给闽主写了一封求救信。

闽主和王延政这时还是敌对关系,他得了书信当然没有立刻答应帮助王延政,但这封信字字真情流露,而且言明共同对抗外敌才是大义。

闽主听他这么一说,立即派兵援助王延政。王延政有了闽主的帮助,自然士气大增,他们一鼓作气大破吴越军,俘虏斩杀一万多人,仰仁诠等人也都仓皇逃走。

经过这件事,王政延派使者带着誓书与闽主结为盟友,双方休战,约定和睦相处。

安定下来的王延政决定重建建州城,他还向闽主上表,请求升建州为威武军,自己担任节度使。闽主下诏称建州为镇安军,让王延政任节度使。

但是，王延政私自将镇安军改为镇武军，闽主知道后很是不满，又开始猜忌起王延政了。

后来，闽主怀疑弟弟王延喜与王延政通谋，就派人抓了王延喜。闽主又听说王延政与王继业有往来，便将王继业赐死。

不久，闽主自称大闽皇帝，任命儿子为威武节度使兼中书令，加封闽王。

王延政也自称兵马大元帅，与闽主再次撕破脸，又开始交战，双方各有胜负。到了后晋天福八年（943年），王延政也公然称帝了，国号殷。

# 27. 石敬瑭托孤

安重荣因支持石敬瑭起兵夺位,被石敬瑭封为成德节度使,他臂力过人、善于骑射,是一位能力出众的将领。

安重荣曾经对部下说道:"这个时代讲什么君臣之礼,谁兵强马壮谁就能做天子。"

慢慢地安重荣也生了二心,他开始招兵买马,想要独霸一方。随着实力的增强,他变得越来越轻视朝廷。

晋主石敬瑭对安重荣也抱有戒心,义武军节度使皇甫遇与安重荣是儿女亲家,晋主担心他们联手,就把皇甫遇调为昭义军节度使,并命刘知远为北京留守,以提防安重荣。

安重荣瞧不起晋廷,更不屑于侍奉辽国朝廷,他见到辽国的使臣就直接破口大骂,甚至将他们杀害。辽主多次写信责骂石敬瑭,石敬瑭胆小怕事,只得向辽主赔罪。

安重荣见晋主如此懦弱,更加气愤,他洋洋洒洒写了千字奏折呈给晋主,希望晋主可以反抗辽国,一洗国耻。

晋主看完安重荣的奏折,有些心动,多次召集群臣商议此事。当时北京留守刘知远还没有出发,他劝晋主不要相信安重荣。

这时,在外地任职的桑维翰得知消息后,也给晋主写了一封奏书,大意称:"契丹军现在兵强马壮,晋廷前往讨伐根本讨不到好

## 27. 石敬瑭托孤

处,而且还会引起外患,我们现在应该养精蓄锐,等待时机。"

晋主看完桑维翰的奏折欣然说道:"朕这几天心绪不宁,犹豫不决,现在才恍然大悟啊!"随后,晋主听从了桑维翰的建议,立马封刘知远为邺都留守兼任河东节度使。

同时晋主下诏给安重荣说:"朕因契丹得天下,你因朕得富贵,朕不敢忘了契丹的恩德,你怎么能忘?现在你竟然想凭借一镇之力抵御契丹,岂不是自不量力?"

安重荣收到诏书,更加傲慢了,他造反的心思也与日俱增。山南东道节度使安从进也怀有异心,正好与安重荣一拍即合暗中勾结。

晋主想拉拢安从进但没有成功,他只能一面提防安重荣,一面提防安从进。安从进上表请奏晋主让他的儿子从京都回家,晋主也同意了,见儿子平安归来,安从进随即决定造反。

天福六年(941年)的冬季,晋主想起桑维翰的话,决定北巡邺都。临走之前,晋主在大臣和凝的建议下留下三十份空名的诏书,秘密交给郑王石重贵,交代他一旦有变,可直接在诏书上写上名字,以调遣诸将讨贼。

邺都这边,留守刘知远已经把吐谷浑部引诱到了内地,除去了安重荣的羽翼。晋主见安重荣还没有展开行动,也不好主动出击,于是命杜重威等人秘密调集兵马,防备安重荣。

这时,安重荣写信给安从进,让他趁着大梁空虚,趁机起兵。安从进也觉得此时是进攻的好时机,于是领兵进攻邓州。

郑王石重贵听到消息,立即在空白诏书上填上高行周、宋彦筠、张从恩的名字,命他们出兵讨伐安从进。

不久,安从进就得知有大军来援助邓州了,他十分诧异地说:"晋主还没回去,是谁在调兵遣将?援军为何来得如此迅速?"

随后,安从进退到唐州,高行周的部将陈思让领兵直击安从进

军营,安从进大军全部溃散,安从进则趁机逃走。

逃回襄州后的安从进又被高行周等人围攻,处境十分危急,而安重荣此时毫不知情,竟集境内数万饥民直奔邺都。晋主得知安重荣的举动,便派杜重威、马全节发兵攻打安重荣。

安重荣的大军在杜重威与马全节的双重围攻下很快败下阵来。安重荣见全军失利,惊心不已,又听说赵彦之投降被杀,更觉战栗不安,于是立马带着残兵逃走了。

逃回镇州的安重荣已是损失惨重,无力再战。不久,晋军攻城,镇州守将直接打开城门放晋军入城,安重荣这时只能顽强抵抗,但终是无力回天,晋军抓了安重荣,砍下他的首级送到邺都。

晋主命人将安重荣的首级送给辽主,还派使者到辽国谢罪。辽主因得知安重荣造反,才没有责怪晋主。

不久,辽主又派使者责问晋朝为何将吐谷浑招入内地,晋主回复说吐谷浑酋长与安重荣勾结,这才将他们迁入内地。

## 27. 石敬瑭托孤

但辽主偏要晋主杀了吐谷浑的酋长,晋主左右为难,为此忧心忡忡,竟然生了重病。

到了天福七年,高行周攻克了襄州,安从进自焚而死。高行周将安从进的儿子和部下全部活捉,押往大梁。

晋主石敬瑭这时还在邺都,已经病得卧床不起了,他听到这个捷报,也不能回京,只能独自叹息,最后一命呜呼了。石敬瑭在位七年,享年五十一岁。

晋主现在只有小儿子石重睿还活着,但他年纪很小。晋主将石重睿托付给冯道,让他辅佐幼主。

随后两人拥立石重贵为帝,石重贵称帝后大肆封赏群臣,冯道与景延广因推立新主继位有功得到石重贵的重用,不久晋主下令将安从进的儿子与部下全部斩首。

石重贵准备向辽主告哀,草拟表文时群臣起了争执,最后石重贵依了景延广的意见只称孙不称臣。

辽主看了晋廷的表文大怒,并派使者去邺都责问晋主为何只称孙不称臣?还斥责石重贵擅自即位。

景延广面对辽使的责问,据理力争,将辽使怼得哑口无言。辽使回去后将情况详细汇报给辽主,辽主顿时怒火中烧,赵延寿趁机在一旁挑拨,火上浇油。

辽主耶律德光便想兴师问罪,讨伐中原了。

晋主石重贵丝毫没有意识到危机,竟然与自己的叔母冯氏勾搭在一块。冯氏得到晋主无比的宠爱,晋主还将她立为皇后,百官都奉承新帝,无一人反对。

晋主从邺都回到汴京后整日与冯皇后饮酒作乐,十分快活。冯氏得到专宠,自然大权在握,她的哥哥是个文盲,却被升任枢密使,晋主也不管不问。

## 28. 朱文进称闽王

晋廷自石重贵继位后还算过了一段太平日子，与此同时晋国周边的其他国家也发生了一些纷争。

先说南汉主刘䶮（yǎn），他有十九个儿子，其中大儿子和二儿子很早就夭折了，三子刘弘（hóng）度被封秦王，四子刘弘熙（xī）被封晋王，这两人性格都非常骄横放纵。

五子刘弘昌被封越王，他恭谨孝顺、才智过人，刘䶮想立他为储君，但因为废长立幼不合规矩，一直犹豫不决，这事也就不了了之了。

就这样，刘䶮安安稳稳过了二十多年，年过五十的他依然身强体壮，南汉立储君的事情也没有定下来。

直到后晋天福七年（942年），刘䶮生了一场重病，各种医治都不见成效。刘䶮知道自己命不久矣，于是秘密召入左仆射王翻，向他表明想立越王刘弘昌为太子的心意。

王翻自然明白主子的意思，进言道："陛下既然看中越王，就必须将秦王和晋王调到其他地方，这样才不会出乱子。"刘䶮答应了他的提议。

可计划还没实施，刘䶮就去世了，享年五十四岁。按照长幼顺序，三子刘弘度继承了帝位，他命晋王刘弘熙辅政。

## 28. 朱文进称闽王

之前刘龑在位时,十分心狠手辣,创设了不少酷刑。此外,刘龑生性奢侈,收集了很多珍宝,修筑宫殿也是穷奢至极,完全不在乎花了多少钱财。

刘弘度继位后,丝毫不逊色于他的父亲,也是一位骄奢淫逸的主。晋王刘弘熙为了使刘弘度更加堕落,经常向他进献一些美女。

光天二年(943年),刘弘熙暗自展开篡位的计划,他知道刘弘度喜欢搏击之术就专门派人召集了刘思潮等人来晋王府学习,他们学成以后就被送到宫中。刘弘度检验一番后就留他们在身边做了侍卫。

一次,刘弘度喝醉酒,不省人事了,刘弘熙瞅准机会,指示刘思潮等人拉断了刘弘度的脊椎骨,只听刘弘度一声狂叫,当场毙命。

随后,刘弘熙将宫中侍从全部杀害,诸王也趁乱逃走。

第二天一早,越王刘弘昌带着弟弟们来到宫中哭丧。接着,刘弘熙顺理成章登上帝位。

但刘弘熙对弟弟们十分猜忌,他想方设法,将剩下的弟弟一个一个杀害。

而唐主徐知诰即位后改名为李昪,他自认为国家强盛,所以一直与晋廷不相往来。他几次与晋国抗衡,但是实力又远远比不上晋国,索性就安稳地守着自己的一片疆土。

后来,吴越发生大火,宫中储存的财帛兵甲全部被烧毁了,吴越王钱元瓘因惊吓过度,生了一场大病,不久就撒手人寰(huán)了。

钱元瓘死后,他的幼子继位,南唐的大臣们都劝李昪趁机攻打吴越。

李昪摇头说道:"怎么能趁火打劫呢?"然后派使者给吴越送去不少的金银和粮食,吴越王非常感动,此后,两国关系一直很好。

做了几年皇帝的李昪已经五十六岁了,他渐渐感觉体力大不如从前,于是就听从方士的话开始服用丹药,服用几次后精神果然大振。

时间久了,李昪的背上竟然生了毒疮,十分疼痛。不久李昪就因医治无效去世了。

临死前,李昪将齐王李璟(jǐng)召入,拉着他的手说道:"此后你要与邻国和睦相处以保全国家,我服用丹药是想延年益寿,没想到竟然死得更快了,你要以此为戒啊!"

随后,李璟继承皇位,他对自己的兄弟们很是友爱,将他们都封了王。而且,他带着几个弟弟在李昪的灵柩前发誓,兄弟世世继立。

## 28. 朱文进称闽王

不久，闽将朱文进杀死闽王自立为王，他派使者向李璟报信。唐主李璟斥责朱文进大逆不道，还下令扣押来使，打算发兵征讨。

南唐群臣则表示闽地之乱的罪魁祸首是王延政，应该先讨伐他，李璟听从了群臣的意见，派人前去建州查探虚实。

闽主王曦称帝后，对朱文进与连重遇很是猜忌。朱、连二人听说王曦要加害他们，十分恐惧，当即决定先下手为强，暗中派人将王曦杀害。

王曦死后，朱文进与连重遇直接带着兵马来到朝堂之上，他们召集百官，由朱文进宣布说："太祖皇帝的子孙荒淫无道，荒废政事，上天已经抛弃了王氏，我们现在应该择贤继位，谁有异议，罪不可赦！"

连重遇接着说道："功高望重，没人比得上朱公，今日应该立他为主！"

群臣都是贪生怕死之人，没一人敢提反对意见。朱文进也不谦让，直接自称闽主，随后就下令诛杀王氏皇族成员五十多人。

之前自立为王的王延政得知此事，怒气冲天，立即派人攻打闽国。朱文进也立马召集士兵，攻打泉州。

殷主王延政也随即派二万大军支援泉州，两军交战，闽军完全抵挡不住王延政大军的攻击。朱文进又向吴越求助，可吴越还没来得及出师，王延政的大军已经兵临城下了。

那时，唐主李璟也派兵来攻打殷国，王延政的部下吴成义为了吓唬闽军，对外称唐军是来援助他们的，闽人听闻大惊。

朱文进无计可施，只得向王延政投降，他还派李光准到建州献上国宝。

可没料到朱文进的部下林仁翰为求自保将他和连重遇全部杀害，随后就打开城门，欢迎吴成义入城，吴成义派人将朱文进和连重遇的首级送去建州，并请奏王延政迁都。

这时，唐发兵攻打王延政，王延政无暇迁都，命令侄儿王继昌出镇福州，并恢复国号为闽。

接着，王延政就率领大军赶到建州抵御唐兵去了。

 ## 29. 晋辽交战

话说南唐与闽国交战的时候，晋与辽的关系也渐渐破裂。

晋主石重贵宠信景延广，听了他的话只向辽国称孙而不称臣，辽主对此已经有些不悦了。

后来，景延广又惹出事端，他下令将境内的辽国商人全部捕杀，还把他们的货物收缴充公。

晋廷其他大臣害怕此举会激怒辽国，于是上奏石重贵说辽国对晋国有恩，不能这么快忘恩负义，晋主想了想觉得有道理，就下令将辽国执掌通商事宜的大臣乔荣放回去。

乔荣走之前，景延广恶狠狠地对他说道："中国现在兵强马壮，你们要是来战，我们可是有十万锋利的宝剑等着，他日要是爷爷被孙子打败，那可要被天下人耻笑了！"

乔荣这时正担心丢了货物和钱财无法向辽主交代，他听了景延广的话，计上心来，便恭敬地说道："你说的话太多了，我一时记不住，劳烦您将这些话写到纸上，我好反复记忆。"

景延广没有多想就命人将这些话记录下来交给乔荣，乔荣回去之后立马将景延广交给他的纸条呈给辽主。

辽主看后，勃然大怒，立即下令调集军队准备南侵。

当时，晋国接连遭受水灾、旱灾和蝗灾，国中饿死无数百姓，

晋主不但不治理灾害，还派人去各地搜刮百姓的粮食。

晋臣桑维翰上奏晋主希望晋国可以向辽国谢罪，以避免战事。晋主却听从景延广的话认为辽国不足为惧。

平卢节度使杨光远早就蓄谋已久，想要造反。这时候他派使者到辽国对辽主说晋主背弃盟约，而且晋国正面临饥荒，现在正是最好的进攻时机。

辽主本就有意攻打晋国，加上赵延寿在一旁怂恿，于是对他说道："我已经召集了五万士兵，现在命你为将，你这次入侵中原如果能成功，我就立你当中原皇帝！"

赵延寿听后欢喜不已，立即率兵启程。到了幽州后，他命赵思温的儿子赵延照为先锋，然后驱军南下，直逼贝州。

晋主石重贵正在庆祝元宵节，这时忽然接到贝州的警报说是情况危急。晋主和大臣却认为贝州守卫森严，没把这当回事。

几天后，又有警报传来，说是贝州已经失守，守将吴峦战死了。

这时，晋主和大臣们才惊慌起来，晋主命高行周、符彦卿等人率兵三万抵御辽兵。

不久，晋主又下诏御驾亲征，择日启程。这时，成德节度使杜重威派人到青州向杨光远陈清利害关系。杨光远立马派人入京上奏，谎称自己对朝廷忠心不二。

晋主石重贵信以为真，安心北伐去了，军中的一切号令，全都由景延广主裁。

晋主在途中接到各路警报，不免惊慌，他担心辽兵强盛，又派人给辽主写信乞求重修于好。辽主写信回复道："事已至此，不可能改变了。"

晋主无奈只能硬着头皮到了澶州，军营里整日军书不断，搞得

## 29. 晋辽交战

晋主焦头烂额。晋主召来景延广与他一同商议军情,景延广命令士兵沿河抵御敌军,以免辽军与杨光远会合两面夹击。

忽然,高行周、符彦卿发来急报,希望晋主派兵支援。景延广已经下令各军分地据守,这次高行周请求援兵,要是派兵支援必定会打乱计划,于是就想着先观望几天。

后来,高行周那边的军情越加紧急,景延广这才向晋主汇报情况,晋主听后大惊,决定亲自带兵前去援救高行周。

晋主大军来到戚城附近,得知两军正在交战,立即快马加鞭赶到战场。高行周等人见晋主来救,士气大增,很快便击退辽兵。

晋主随即慰劳高行周等将领,他们齐声说道:"臣早就派人去求援了,可迟迟等不到援兵,幸好陛下亲自来救,我们才得以重生啊!"

晋主失声说道:"这都是被景延广耽误了啊!"

得主援高行周脱围

接着,晋主就领兵回到澶州,又陆续收到各路大军的捷报,不禁喜上眉梢。而辽主耶律德光见各路大军失利,便扬言北归,然后派兵埋伏在路上,等候晋军来追击。

但是连日阴雨,晋军无法追击,辽兵埋伏了十多天也没见晋军的影子,反倒弄得自己人饥马疲,辽主的计谋没有得逞,很是不甘心。

后来,辽主在赵延寿的建议下发兵进攻澶州,高行周等人立即率兵赶来救援,两军列阵开来,随即展开激战,从上午打到傍晚还是不分胜负。

辽主见晋军气势如虹,纳闷地对部下说:"杨光远说晋国发饥荒饿死很多士兵,为何眼前的晋兵如此强盛呢?"

接下来,晋辽两军又是一番苦战,辽主见情形不妙,带着士兵退到三十里以外的地方安营扎寨,没多久又率军北归了。

晋主石重贵见辽兵已经退军,就留下高行周等人镇守澶州,自己率领亲军回到大梁。

桑维翰弹劾景延广专权,晋主无奈将景延广贬为西京留守。后来,有人说宰相冯道身居要职却毫无建树,晋主又将他贬为匡国军节度使。

而桑维翰被晋升为中书令兼枢密使,他处理政务尽心尽力,晋主对他十分信任。

杨光远向来被桑维翰忌恨,现在桑维翰大权在握,当然想设法除去这个眼中钉,他下令李守贞率兵讨伐青州,李守贞得令后派兵将青州团团围住。

杨光远顿时惊慌失措,急忙派人向辽主求援,哪知辽主只派了一千多人来支援,辽兵还在半路就被击退了,杨光远更加心灰意冷了。

## 29. 晋辽交战

慢慢地，城内的粮食吃完了，士兵饿死了大半，杨光远见状登上城楼，对着北方叩首道："皇帝！皇帝！你误我杨光远啊！"

杨光远的儿子都劝父亲投降，但杨光远却誓死不降。

为了自保，杨光远的儿子将父亲从家里劫掠出来，然后派人向晋主谢罪。晋主赦免了杨光远儿子的罪过，然后派人杀了杨光远。

辽主耶律德光听说杨光远被杀，又打算征讨晋国。晋主还想御驾亲征，但因身体不适作罢了，于是便派张从恩、马全节等人率兵抵御辽兵。

不久，辽主带领大军在元氏县驻扎，声势十分浩大，晋军们都有些害怕。辽兵开始大肆劫掠邢州、洺州、磁州，进逼邺都。

张从恩等人同时会集准备在相州、安阳、水南截击辽军。神武统军皇甫遇也闻讯赶来，他带着数千骑兵打算先去侦探敌情。

## 30. 闽国灭亡

义成节度使皇甫遇与濮州刺史慕容彦超一起刺探敌情,不料半路上遇到数万辽兵。

皇甫遇与慕容彦超当即决定列阵迎敌,他们与辽兵大战百余回合,杀了不少辽兵。到了傍晚,辽兵又调出生力军前来围击,皇甫遇对彦超说:"我们这次走不掉了,只能以死报国了!"

安阳诸将见皇甫遇等人傍晚都没回来,料想他们可能遇上敌人了。安审琦不顾众人阻拦,带着一队人马去救皇甫遇。

辽兵见援军到来,随即撤兵,皇甫遇与彦超等人这才死里逃生。

张从恩怕敌军众多难以抵抗,带着军队回黎阳去了,剩下的军队也相继向南撤走,晋军此时如同一盘散沙。

唯独安审琦没有撤走,他带着五百步兵,把守安阳桥。

知相州事符彦伦听说各军退走,急忙派人将安审琦等人召入城内。不久,辽军已经遍布安阳水北,符彦伦命将士扬旗鸣鼓,虚张声势,以震慑敌军。

辽兵果然被吓住了,不敢进攻。符彦伦又派五百甲士在城北列阵迎战,辽兵见状更加害怕了,中午的时候全部退了回去。

这时,马全节等人上奏朝廷称敌人已经撤退,应该乘势大举

## 30. 闽国灭亡

进攻。

晋主石重贵收到奏表，又燃起雄心壮志，准备亲自带军出征。他命杜重威与马全节会师然后一同进军，杜重威一路收复泰州、满城等地。

辽主耶律德光退到虎北口，接连收到晋军进攻的消息，又带着八万士兵向南杀回。

杜重威闻讯心生畏惧，一直退到泰州据守。但辽军仍步步紧逼，晋军无路可退只能与辽军交战，正巧碰上了辽兵前锋，晋军经过一番苦战，杀退辽兵。

第二天，晋军向南行进，途中又遭遇辽兵围攻，晋军一路突围退到白团卫村。到了晚上刮起大风，风沙四起，晋军被断了粮道，免不得人马俱疲。

天亮之后，辽主下令拿下全部晋军，然后攻取大梁。晋军这边也是视死如归，将士们都想拼死一搏。主将杜重威却唯唯诺诺，下不了决心。

李守贞等人不等杜重威下命令，带着众将士出去与辽军决一死战，气势锐不可当。

辽军遭到晋军这样猛烈的进攻，一时抵挡不住，大败而走，晋军又追击他们二十多里。杜重威见敌军已经撤退，这才安心，随即就带着军队回到京都，晋主也跟着回到京都。

杜重威归镇后，上表朝廷请求入朝，晋主没有同意。但杜重威竟然一意孤行，擅自入朝。

桑维翰入朝进谏说："杜重威藐视皇帝的命令，陛下应该下旨将他罢黜，以免后患无穷！"

晋主却因为杜重威是自己的妹夫，拒绝了桑维翰的提议。后来，晋主听从了妹妹的话将杜重威封为邺都留守，杜重威高高兴兴

地带着妻子一同赴任去了。

辽国因为征战晋国也损失不少将士牲畜,述律太后劝耶律德光与晋国讲和。晋主也派使者请求与辽国重归于好。

辽主耶律德光回复使者说:"把景延广和桑维翰给我送来,再割让镇州、定州两镇给我,我就讲和。"

使者将辽主的话传给晋主,晋主认为辽国没有和解之意,就不再派使者去辽国求和了,而且他想起辽军两次南下都被晋军击退,觉得辽兵不足为惧,于是便高枕无忧,沉迷酒色,奢侈无度。

晋主还宠信小舅子冯玉,冯玉大权在握,朝政日益败坏。冯玉与桑维翰不和,于是找了个借口将桑维翰贬为开封尹。此后,冯玉更是一手遮天。

辽晋之间摩擦不断,南方的唐国和闽国也打得火热,闽主王延政与唐交战数次,不分胜负。

## 30. 闽国灭亡

唐主又派何敬洙（zhū）为主将，让他带着祖全恩、姚凤领兵攻打建州。闽主王延政也派杨思恭、陈望率兵数万前往抵御唐军。

双方扎营列阵，迟迟没有交战。这时，王延政催促陈望等人速战，陈望想等待最佳时机出战，杨思恭却说："唐军只有数千人，我军有万余人，现在不出战就是白白消耗粮饷，试问将军怎么对得起主上呢？"

陈望听了这番话，不得已引军渡河与唐军交战。

唐将祖全恩见闽兵来袭，只用一千人与其对战，并且假装战败，诱敌追击。陈望果然带兵急追，突然听到后队噪声大起，连忙回头查看，发现自己的队伍已经被唐军截作数段，顿时手忙脚乱，也来不及施救。

接着，两位唐将夹击陈望大军，陈望当场送命。杨思恭得知陈望阵亡，急忙逃了回去。王延政见前线大军溃败，吓得躲进城中固守，然后向泉州调兵分别防守建州的要害之地。

建州这边战火连连，但没料到福州这边也发生变故。福州的前指挥使李仁达与王延政的部下陈继珣（xún）二人都背叛了王延政，王延政派侄子王继昌镇守福州。

李仁达与陈继珣担心遭到王继昌的迫害，打算先发制人，他们召集党羽，乘着夜色闯入王继昌府中，将他杀害。

李仁达本想自立为主，又担心众人不服，于是找来一位德高望重的僧人卓岩明，称他有天子之相，随后拥立卓岩明为主。李仁达还派遣使者到大梁，向晋国称藩。

王延政接到消息大怒，立即下令张汉真率兵攻打卓岩明。两军在福州东关交战，张汉真兵败被杀，余下的士兵也死伤不少。

不久，李仁达设计杀死了陈继珣和卓岩明，然后坐上了卓岩明的位子。他自称威武军留后，一边向唐称臣，一边派人入贡晋廷，

还派使者与吴越修好。

闽主王延政的部下向他告密说福州的援兵有叛变的意向,于是王延政下令没收了他们的武器,将他们遣回福州,但却暗中派兵埋伏在路上,将他们全部杀害,一共八千多人。

王延政还下令将福州兵的尸骨拉回去充作兵粮,其余的将士见福州兵的下场,免不了兔死狐悲。

唐军攻城数日得知城内守兵已经没有斗志,于是奋起进攻,守兵也全部逃跑。

闽主王延政无可奈何,只好自缚请降。其他地方的守将听说建州失守,也相继向唐军投降。

闽国从王审知割据到王延政投降,一共经历七主,共计六十年。

失建州闽主覆亡

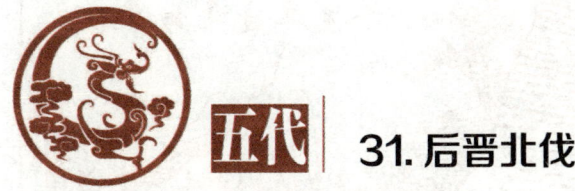

## 31. 后晋北伐

王延政投降后,唐主赦免了他,还封他为羽林大将军,所有建州的官员一概赦免,只有平时横征暴敛的杨思恭被处死。

第二年三月,泉州刺史王继勋送信给福州的李弘义,希望与他修好。没想到李弘义根本不买他的账,还派弟弟李弘通率兵攻打泉州。

泉州指挥使留从效率兵击退了李弘通的军队,并派人向唐主告捷。唐主授留从效为泉州刺史,将王继勋召回金陵。

枢密使陈觉矫诏调兵马,发兵福州。唐主李璟知道后大怒,但此时已是箭在弦上,不得不发了,唐主随即下令王崇文等人领兵攻打福州。

李弘义见唐军人多势众派人向吴越求援,吴越王派两万大军援助他,最终李弘义与吴越大军合力才勉强守住城门。

唐军这边几位主将彼此争功,攻城的时候你退我进,你进我退,就像一盘散沙。因此将士们灰心丧气,没有一点斗志。唐军和李弘义就这样形成对峙局面。

晋主石重贵本想发兵援助闽国,但北方的辽国时常入侵,他根本无暇顾及南方。

定州西北的山里有座寺庙,由尼姑孙深意住持。这个孙深意妖

言惑众,拥有不少信徒。当地有一对兄弟,哥哥叫孙方简,弟弟叫孙行友,他们是孙深意的宗亲。

孙深意病死后,他们仍旧故弄玄虚,自称有天神相助,百姓们因为深受战乱之苦,全都求他庇佑。

于是孙氏兄弟挑选壮丁,组成队伍,拿庙堂作营寨,号称保一方平安。辽兵入侵时,孙方简率众偷袭,夺了不少兵甲粮草,回来后分给信徒,众人都很高兴。乡民们闻风都跑来投靠他们。

孙氏兄弟担心自己被朝廷围剿,就上表归附朝廷,晋廷也想借用他们的力量抵御敌寇,于是将孙方简命为东北招收指挥使。

后来,孙方简多次率众进入辽境抢掠,每次都有收获,他渐渐变得自大起来,不断向晋廷提要求。晋廷当然不肯事事顺他心意,于是他就投靠了辽国,并作为辽军向导,引辽兵入境。

孙方简为了讨好辽国,还抢夺晋廷的战马献给辽廷。晋主知道

## 31. 后晋北伐

以后担心孙方简为虎作伥（chāng），于是命李守贞等人驻守邢州。

但主帅李守贞却与内廷都指挥使李彦韬不和，李彦韬因此常常牵制李守贞的行动。

晋主担心吐谷浑部再次被辽国诱降，多次召见吐谷浑酋长白承福，给了他不少封赏想拉拢他。

但是吐谷浑部众不知中原律法，经常触犯河东的禁令，河东节度使刘知远依法惩办。时间久了，吐谷浑部众心生怨恨，其中有一个小的部落首领带着自己部落的人投奔辽国去了。

刘知远知道后与部下郭威商议此事，郭威回答说："擒贼先擒王，我们除掉白承福，他的部众自然就瓦解了，况且他有很多钱财，我们要是能占有他的财产，增强实力，这样就能独霸一方了。"

刘知远听了他的分析，连连称好。于是刘知远设计诬陷白承福谋反，杀了他的族人四百多人，将他的财产全部没收。

晋主当然被蒙在鼓里，反而还颁诏褒奖刘知远，吐谷浑从此走向衰败，河东却因此实力大增。

不久，三万辽兵入侵河东，刘知远派兵抵御辽兵，结果大获全胜，定州那边也传来消息，俘虏辽兵两千人。

这时候，幽州来了个头目，说赵延寿有意归国，枢密使李崧和冯玉信以为真，派人写信给赵延寿，并以厚利引诱他回国。

可赵延寿回信表示希望朝廷派大军来接应，冯玉等人答应了他的要求，并与他约定了会师日期。

赵延寿假装同意，转眼就将此事报告给辽主。辽主将计就计，又命瀛洲刺史刘延祚假意向晋廷投降。

冯玉、李崧收到消息，欢喜得不得了，打算发大军前往接赵延寿与刘延祚回国。接着，冯玉和李崧又上表朝廷，请用杜重威为都招讨使，带领众将领一同北征。晋主同意了他们的请奏。

偏偏天公不作美，从六月到十月，雨水未停，将士们行军十分不便，渐渐生出怨言。

杜重威到了广晋与李守贞会师，杜重威担心兵力不足，又请求晋主增兵。晋主将禁军拨了一大半给杜重威，只希望他早日凯旋。

接着，杜重威带领全军到了瀛洲，只见城门大开却空无一人。杜重威等人很是疑惑，于是按兵不动，驻扎在城外，然后派骑兵去四处打探。

结果打探得知辽兵已经出城了，刺史刘延祚也不知去向。杜重威就派梁汉璋带着两千骑兵去追击辽兵，不料梁汉璋半路上中了辽兵的埋伏，全军覆没。

消息传回杜重威营中，杜重威急忙引军撤退。辽主听说晋军撤退，于是带兵在后面追击晋军。

杜重威向来胆小，连夜向南逃跑。驻扎在恒州的张彦泽带兵与杜重威会合，随后，杜重威使张彦泽为先锋，前去阻击辽军。

两军在中渡桥相遇，张彦泽带兵争夺中渡桥，三退三进，辽军见讨不到好处便烧毁了中渡桥。

晋军又沿河修筑营寨，准备与辽军长久对峙，辽主见状也在河岸建营扎寨。

两军对峙了一些时日，辽主见杜重威久不出兵，料定他是一个懦弱无能之辈，于是偷偷派人断了晋军的粮道。

后来，有晋兵在军中传言有无数的辽兵截断了归路，晋军听到这个消息，十分恐惧。

辽将带兵杀入栾（luán）城，如入无人之境，城中的守将猝不及防，全部狼狈乞降。运粮的队伍见到辽军都四处逃散，到处传言辽军如何厉害。

杜重威也十分恐慌，又请奏增兵，晋主只得把宫中的几百名禁

## 31. 后晋北伐

军调到前线。不久，杜重威又派张祚向晋主告急，晋主无兵可派，只能让张祚回报让杜重威严守，不料张祚在回去的途中被辽兵掳走，从此内外隔绝，音讯全无。

桑维翰见战事危急，想求见晋主，但晋主正贪图享乐，不愿见桑维翰。桑维翰又去与冯玉、李崧商谈御敌之计，但这两人只是闭目摇头，不说一句话，桑维翰只好无奈离去。

又过了两天，战事更加危急，晋主想亲自出征，都指挥使李彦韬极力劝阻了他。于是晋主派高行周等人镇守澶州。

杜重威仍旧与辽兵在中渡桥对峙，指挥使王清坐不住了，他自请为先锋率兵夺桥为大军开道。杜重威思索良久答应了他。

王清带兵与辽军打了十几个回合，一直奋战到晚上。他一直派人请杜重威进兵，杜重威却岿（kuī）然不动，也不发兵救援王清，最终王清与部众全部战死。

## 32. 后晋灭亡

　　王清战死，辽军乘胜渡河将晋军大营团团围住，晋军只是坚守大营，没有出战。

　　杜重威见军粮已经吃完了，现在又无路可退，于是就想向辽国投降，这样或许还能保全性命。随后，他对众将领说了自己的想法，大家都没有说话。

　　唯独皇甫遇进言说："将军是皇亲国戚，被委以重任，如今还没有战败，怎么能投降呢，敢问您如何对得起朝廷？"

　　杜重威没有听他的劝，秘密派人去向辽主乞降。辽主耶律德光明白杜重威的意思，诓骗他只要晋军投降，就立他为中原皇帝。

　　这话传到杜重威耳中，令他欣喜若狂，于是他拿出降表，逼迫诸将签字，随后就派人将降表送入辽营。

　　几天后，杜重威对着众将士宣布称："我们现在已经穷途末路了，只有向辽投降才能活命。"

　　说完便令将士放下武器，脱掉铠甲。将士们此刻都十分意外，全都抱头痛哭，哭声震动原野。

　　杜重威投降后率大军作为向导帮助辽军进攻中原。不久，恒州、代州、易州全部被辽攻陷。

　　辽军继续南行，杜重威带着降众随行。皇甫遇不肯降辽，偏

## 32. 后晋灭亡

偏辽主命他为先驱进攻大梁，皇甫遇极力推辞，流着泪对左右说："我位居将相，战败却不死，怎么能倒戈图谋主上呢？"不久，皇甫遇自刎而死。

辽主又改派张彦泽为先锋进攻大梁，张彦泽领着二千骑兵，渡过白马津，直抵滑州。

晋主石重贵隐约得知杜重威已经投降，然后又不断收到辽国的檄文，吓得他面如死灰，急忙召入冯玉等人商量对策。

李崧进言说："现在只能命刘知远发兵保卫京师了！"晋主听后连忙派使者前往河东求援。

过了一晚，天刚亮，宫外就一阵喧哗。晋主被惊醒，他出门询问得知张彦泽已经兵临城下了，后来又有人传报说张彦泽已经抵达明德门了！

晋主更加惊慌，急忙命李彦韬召集禁军前去阻击张彦泽。李彦

韬一走，宫中大乱，还有人四处纵火。

石重贵自知难逃一死，准备带着众嫔妃自焚，亲军薛超将晋主拦下。不久，有人送来辽主的书信，晋主看完含泪对着大臣范质说："杜重威叛晋降辽，真是辜负了我啊！你替我起草降书吧！"

接着，晋主便命人带着降书前往辽营。辽主也派傅住儿宣读了赦命，晋主无法拒绝，只得勉强相见。

傅住儿又令石重贵脱去黄袍，改穿素服，然后下台阶跪。石重贵只想保命，当然唯命是从，他身边的人全都掩面哭泣。

之后，张彦泽假传晋主命令，召来桑维翰。桑维翰见到张彦泽，愤恨交加，指着他说道："主上待你不薄，你为何如此忘恩负义？"张彦泽无话可说，将桑维翰关起来，派兵看守，后来竟然将他勒死。

小人得志的张彦泽随即纵兵大掠，抢来不少珍宝，他还将过去与他结仇的人全部处死。

后来，晋将高行周、符彦卿都向辽主请降，辽主赦免了他们的罪行。

这时，石重贵命石延煦与石延宝带着表文来到辽军大营，并呈上传国玉玺。辽主看完表文没有说话，但是在接过国玺时问了一句："这是真的吗？"

石延煦回道："这是真的。"

辽主沉吟片刻说道："恐怕未必！"随后取纸草草写上几句话让石延煦交给石重贵。

石延煦将纸条交给石重贵，石重贵一看才知辽主不相信国玺是真的，让他将真印送去。

石重贵向辽主解释称是伪主李从珂自焚时将国玺烧毁了，先帝受命后又重新制作了国玺。辽主听了石重贵的解释这才放心下来。

## 32. 后晋灭亡

后来，辽主下令逮捕了景延广，并斥责他说："两国失和就是你导致的，你不是说晋国有十万把利剑等着我吗，现在在哪儿呢？"

随后，辽主就下令将景延广押往北庭，景延广趁守兵不注意，自杀身亡。

当时正值除夕，晋廷文武百官听说辽主将要到达京都，于是都在封禅寺等着辽主的到来。

第二天正是正月元旦，百官都换上素服，出城迎接辽主耶律德光。耶律德光被辽兵簇拥着进城，英气逼人，气势如虹。

石重贵也带着皇后等人一起出城迎接辽主，辽主拒绝与石重贵相见，然后亲率大军进城。

辽主登上城楼，派人向百姓宣召道："我也是人，百姓们无须惊慌，此后我会让你们休养生息，我本无意南来，是你们汉人引我来这里的！"百姓听后，这才安静下来。

后来,百姓和晋臣争相向辽主投诉张彦泽的罪状,辽主当即下令将张彦泽和傅住儿处死。到了傍晚,辽主仍然出屯赤岗。

几天后,辽主下令废石重贵为负义侯。晋国自从石敬瑭称帝,只传了一位,一共历经二主,共计十一年时间。

辽主废了石重贵后将他迁往黄龙府。石重贵听说自己要迁往这个荒凉的地方,很是悲伤,但也无能为力,李太后与后宫女眷,全都相拥哭泣。

杜重威降辽后率领部众驻扎在陈桥,辽主担心这些晋军会造反,就不想给他们供应粮草,这导致陈桥的晋兵饥寒交迫,他们私底下都怨恨杜重威。

杜重威不得已上表传达军情,辽主召赵延寿商议对策,但他仍然想杀掉这些投降的晋兵。

赵延寿进言说:"先将陈桥降兵分守南边,再把降兵的家属全部迁往镇、定、云、朔各州,这些士兵必然会顾及妻子,也不敢再生变乱。"

辽主听后连连称好,这次没有将晋兵赶尽杀绝。

晋主石重贵得了辽主的敕(chì)令,压根不想去黄龙府,所以一直拖延。那辽主便派三百骑兵强迫石重贵北迁,石重贵无奈带着家眷启程。

一路上,石重贵一行人是风餐露宿,吃了上顿没下顿,十分凄惨。

经过千辛万苦石重贵等人终于抵达黄龙府,大家全都面容憔悴(qiáo cuì),受尽苦楚。真所谓物极必反,他们前半生享尽荣华富贵,所以才会沦落至此啊!

## 五代 33. 二帝争锋

辽主耶律德光将石重贵迁往北方后,自己就占据中原,他每日饮酒作乐,完全不管兵民。

赵延寿请奏辽主拨粮饷给辽军,耶律德光笑着说:"我国从来没有这个规矩,如果各军缺乏食物,叫他们打草谷去吧!"

为了犒赏辽军,辽主又命部下抢掠百姓财产,百姓们因此痛苦万分。

与此同时,辽主还开始惩治那些曾经得罪过他的晋国大臣。杨光远之子杨承勋被辽主处以极刑,宋州节度使赵在礼被逼得悬梁自尽,匡国军节度使刘继勋被押往黄龙府,后来惊慌成疾差点送命。

如此种种事件,导致其他各镇将领忧心忡忡,他们希望再拥戴一个首领驱逐胡兵。

河东节度使刘知远一直镇守河东,审时度势,他知道晋主与辽决裂并非良策,也不曾劝谏。等到辽主攻入汴梁,就分兵守住边境,防备不测,没有发一兵一卒救援晋主。

汴梁沦陷后,刘知远也不敢贸然反抗辽主,于是写了三册表文派王峻呈给辽主,表明自己的忠心。

辽主看了刘知远的表文,甚是欢喜,还令左右立马草拟褒奖诏书。诏书拟定后,辽主提笔在"刘知远"三个字前又加了一个

"儿"字,而且还取出一支木枴(guǎi)赏赐给刘知远。木枴是辽国非常贵重的赏赐之物。

王峻带着诏书和木枴回到河东,刘知远问他大梁的形势,王峻回答说:"辽主贪婪残忍,导致上下离心,大王要是举兵起义,海内必然响应,到时候胡儿自然会离开中原了!"

刘知远却觉得此时还不是起兵的最佳时机,于是仍旧按兵不动,然后继续窥探大梁的动静,再图谋下一步计划。

忽然从大梁传来辽主的诏书,诏书上写着大辽会同十年(947年),大赦天下。刘知远大惊道:"辽主大赦天下,难道真的要做中国的皇帝吗?"

刘知远的部下见状,极力劝说他乘此正位,号召四方。但被刘知远拒绝了,他决定将晋主迎回,再图谋复国。

辽主耶律德光入主大梁已经一个多月了,他召集晋朝百官入朝商议立新帝的事宜。

辽主首先开口问道:"我看中原的风俗与我国不同,我不便在此久留,现在要选一个人当皇帝,你们看选谁好呢?"

他话音刚落,群臣便说中外人心都愿意推辽主为皇帝。

辽主大笑道:"你们都是这样想的吗?"

群臣异口同声地回答:"是"。

辽主又说:"既然大家意见一致,足见天意如此了,那我就在下个月初一,升殿颁敕了。"

到了二月初一,辽主耶律德光在晋朝百官的拥立下登上皇位,辽主全程喜笑颜开,威风凛凛。

晋朝百官依然享有荣华富贵,自然乐意奉承辽主,唯独那个为虎作伥的赵延寿闷闷不乐,惆怅无比。辽主当初允诺他得了中原就让他做中原皇帝,如今却是竹篮打水一场空。

## 33. 二帝争锋

赵延寿左思右想终于想了一个办法,他第二天跑去向辽主请奏封自己为皇太子。辽主勃然大怒说道:"你也太傻了,天子的儿子才能做皇太子,别人怎么当得了呢!"

赵延寿听后连连磕头,好似哑巴吃黄连,有苦说不出。

辽主又接着说:"我已经封你为燕王了,难道你还不满足吗?那我就再给你升迁吧!"赵延寿不好多嘴,只得称谢退出。

谁知赵延寿没有得到皇位,刘知远却称了帝,与辽国抗衡起来。

河东指挥使奉刘知远的命令,召集将士们迎回晋主石重贵。军士们却齐声说道:"天子已经被人掳走了,哪里来的主子,请我王先正位,再出师!"

但是刘知远却拒绝称帝。第二天,刘知远的部众又上书劝进,刘知远还是不肯答应。

这时,都押衙杨邠(bīn)进言道:"上天给的东西如果不接受反而会遭到惩罚,大王继续谦让的话,恐怕人心一移,反而生出事端了!"

刘知远说道:"我始终不忍心忘记晋国,就算是正位,也不能改国号。"

郭威说道:"这有何妨!"

于是刘知远在众人的拥立下登基称帝,众将士三呼万岁。随后,刘知远下令仍称晋朝,改用天福年号。

随后,刘知远就带着将士从寿阳出发假意说想迎回故主石重贵,可石重贵等人早就到了黄龙府了,哪里还能截回呢?

于是刘知远就分兵据守,自己率着大军回到晋阳。

刘知远称帝后,想要犒赏三军,但是国库已经没钱了,刘知远打算向百姓征收钱财。

但是刘知远的夫人李氏却进言道:"陛下刚刚称帝,还需要靠百姓一同治理天下,您不但不给百姓恩惠,反倒要剥削他们,这哪是新天子救民的本意呢?"

刘知远无奈皱眉说道:"可是公家已经没钱拿出来,现在该怎么办呢?"

刘夫人又拿出后宫的积蓄交给刘知远犒赏各军,刘知远这才转忧为喜,李氏真是他的贤内助。

辽主听说刘知远在河东称帝,勃然大怒,立马下令削去刘知远的官爵,然后派三路大军分守泽潞、相州、孟州。

之前辽主放纵部下抢掠百姓,百姓早已对辽军怨恨至极,如今各地盗贼聚集,揭竿起义。

其中滏阳的盗贼头目梁晖聚集了一千多人,投靠了晋阳的刘知远。刘知远下令让他去袭击相州。

## 33. 二帝争锋

梁晖率兵夜袭相州，杀得城内的守军措手不及，最后成功占据相州。他自称留后，然后派人到晋阳告捷。

不久，陕府指挥使赵晖等人杀死辽国监军刘愿，随后众人推举赵晖为留后。赵晖也向晋阳上表归附。

刘知远听闻两处地方响应自己，就打算趁势攻取大梁。他的部下郭威进言说："晋州和代州还未平定，不宜深入敌境，我们现在应该先攻下这二州，再计划攻取大梁。"于是刘知远就派军攻打代州。

不久，刘知远的大军就顺利攻下代州和晋州，潞州留守王守恩也向刘知远上表投诚。

## 34. 耶律德光之死

辽主听闻各镇的变乱不免心惊,于是派遣杜重威、安审琦、符彦卿等人回到自己曾经镇守的藩地,以免汉人再生祸乱。

不久,宋州、亳州、密州等地接连传来警报,都称被盗贼攻陷了。辽主长叹说道:"中原之人如此难以管束,真是出乎我的意料啊!"

再加上天气越来越热,辽主更加不耐烦了,于是动了北归的想法,他召入晋臣对他们说道:"天越来越热了,我实在不愿意继续留在这里了,现在打算暂时回到北庭问候太后,这里留一个亲将守卫,料想不会发生什么变故。"

晋臣们纷纷劝阻辽主留下来,辽主仍然执意北归,接着,他令国舅萧翰为节度使,留守汴梁。

然后,耶律德光就率领一些晋臣和宫女侍卫一起前往北庭,他将府库中的金帛全部捆起来一起带走了。

辽主向北进发,见沿途村落全都空无一人,不免唏嘘(xī xū)不已,立马令人发榜招抚流亡的百姓。但辽兵恶习难改,他们见百姓聚集仍去劫掠,辽主也不去禁止。

辽主一行人抵达相州时,正巧碰到辽将高唐英围攻相州。辽主立马发兵相助,顿时就攻破城池,梁晖战死,城中的男人全部被杀

## 34. 耶律德光之死

害，最可怜的是那些婴儿也遭到辽兵的残忍杀害。

辽主走后留下高唐英守相州，高唐英检阅城中遗留的百姓，发现只剩下七百多人，而死去的人有十万多。

后来，辽主经过的城镇大都满目萧条，于是便对着汉臣说道："中国遭受如此灾难，都是赵延寿的罪过啊！"说完又指着张砺（lì）说："你也出了不少力啊！"

宁国军都虞候武行德见辽主北归，立马率领部众背叛辽主，迅速占据了河阳，并派人向刘知远投诚。

接着，辽将耿崇美、崔廷勋等人全都战败，他们一起向辽主上表兵败之事。

辽主收到他们的战报，十分失意，叹着气说道："我做了三件错事，怪不得中原会背叛我呢！一是下令将士四处搜刮钱财，二是纵容士兵四处劫掠，三是没有派节度使早日还镇，现在后悔也没用了！"

辽主耶律德光是一个好大喜功的雄主，这次大举南侵，成功入主中原已经是得偿所愿，但他仍想继续做中原皇帝，如今却是警报连连，他越想越气，竟然抑郁成疾。

到了河北栾城，辽主觉得全身苦热，就让人用冰水擦拭身体，但仍没有好转。等到了杀狐林，辽主的病情越来越严重了，当天就死了。

随行的亲信将辽主的尸体运回辽国，述律太后看到耶律德光的尸体并没有哭，而是愤恨地说："你违背我的命令夺取中原，现在弄得内外不安，还要等各部安宁下来才好安葬你啊！"

辽主一死，辽国立马大乱，赵延寿痛恨辽主背弃承诺，首先发难。他想借中京为根据地，趁机起事，于是就先引兵进入恒州。

不久，辽主的侄子永康王兀欲察觉到了赵延寿的阴谋，他以宴

## 34. 耶律德光之死

请群臣为借口，将赵延寿请到自己府上，然后趁机扣押了赵延寿。

接着，兀欲对着其他人说道："燕王意图谋反，我已经将他关起来了！"众人被吓得面面相觑，但也不敢有异议。

几天后兀欲就宣布伪造的遗诏表明自己即将在中原称帝，他还派人将这件事汇报给述律太后。

述律太后大怒说道："我儿平晋国，取中原，应该由他的儿子继承皇位，兀欲是人皇王的儿子，他怎么能擅自称帝呢？"

述律太后立即下令兀欲取消成议，但兀欲哪里肯听从，随后就在恒州即皇帝位。

兀欲听说述律太后将要发兵声讨他，于是带着部众北行，并把赵延寿押在囚车之中，带着一起北去。

因为兀欲平日对待将士非常慷慨，将士都对很爱戴他，回到大辽的兀欲受到城内辽兵的欢迎，述律太后只能听从兀欲的处置。

随后，兀欲胁迫太后住在木叶山，没过多久太后便病死了。

兀欲改名为耶律阮（ruǎn），自号天授皇帝。回到辽国的国舅萧翰见大局已定只能服从兀欲，兀欲让他官复原职。

而奉述律太后命令改迁到怀密州的石重贵后被辽主耶律阮迁到建州，在这里石重贵与宫人过着清苦的生活。

刘知远这边与众将士商议着进取的计策，经过众人商议，刘知远决定从太原出发，经过陕、晋两州，再图谋攻取汴梁。

一切安排妥当以后，刘知远就带着将士三万多人从太原出发了，越过阴地关，道出晋州、绛州。

接着，刘知远命史弘肇（zhào）仍驻扎在潞州，准备夺取泽州。泽州刺史被史弘肇的部下李万超招降，史弘肇赶到泽州安抚百姓，然后又回到潞州镇守。

辽将萧翰此时留守在汴梁，他听说刘知远拥兵而来，崔廷勋等

人又兵败逃回，深知大势已去，于是打算逃回辽国。

萧翰筹划了几天，又担心他走了中原无主，必定大乱，最终想出了一个办法，假传辽主诏令，命许王李从益来汴梁掌管南朝军国大事。李从益无力抵抗，最终被强迫着登上帝位。

不久，刘知远的檄文已经传到汴梁，王德妃见状焦急万分，她召高行周、武行德共商拒守事宜，但是命令传出去数次也不见人来。

无可奈何的王德妃又召集群臣商议对策，最后决定派人奉表到洛阳，迎接刘知远。

刘知远来到洛阳后，两京的文武百官陆续前来迎接。他看了李从益的降表后，便派军进入大梁清宫，随后就秘密派人迫令李从益母子自杀。

李从益母子死后，大梁城中很多人为他们感到悲哀，刘知远却很是高兴。

不久，刘知远就带着亲军进入大梁，他下令仍称汴梁为东京，国号大汉，采用天福年号，各道镇帅也相继派人送来贺表。

而唐主李璟也想入侵中原，但福州的战事损耗太大了，国家已经无力展开大战了。

福州的李仁达得到吴越的援军后一直与唐军相持不下，两军对峙一年多也没有分出胜负。

后来，吴越王病死，年仅二十岁，他的弟弟钱弘倧继位。钱弘倧将李仁达留在吴越做官，后来又将他遣回福州。

李仁达回到福州与吴越军守将鲍（bào）修让不和，后鲍修让发觉李仁达有降唐的意图，于是将李仁达杀害。

吴越王得知李仁达已死，就派吴程出任威武军节度使。从此福州归了吴越，建州归了南唐，这两国各守疆域，暂时相安无事。

## 35. 杜重威之乱

刘知远入主大梁后,四方各镇送来降表,河南一带都已经归顺朝廷了。

天雄军节度使杜重威、天平军节度使李守贞也都奉表归降,但汉主刘知远知道他们不是真心臣服,于是下令将高行周、杜重威、李守贞等人调到其他藩地镇守,以防他们独霸一方。

各镇守将都奉命迁徙,唯独那个反复无常的杜重威不肯听命,他派自己的儿子向还在恒州的辽将麻答求援,麻答立即派兵援助杜重威。

汉主刘知远得到消息后,连忙命高行周、慕容彦超带兵征讨杜重威。

高行周与慕容彦超一起来到邺州城下,慕容彦超自恃英勇向高行周请命攻城。而高行周却想稳扎稳打,等城内发生变乱再攻城。

两人为此争执不休,慕容彦超还在军中扬言说高行周与杜重威是亲家,这才拖延时间不愿进攻。

高行周有口难辩,于是将此事上表给刘知远。

汉主刘知远担心事情生变,决定亲自出征,他召来大臣商议此事,窦贞固支持刘知远亲征,还劝他不要耽误时机。

这正好符合刘知远的想法,于是他下诏亲自前去犒劳王师,并派皇子留守大梁。

恰好这时晋臣李崧、和凝等人前来归附，他们报告刘知远说辽将麻答已经被驱逐，这等于说杜重威已经没了后援。

汉主刘知远听到这个消息非常高兴，立即率兵亲征，大军很快与高行周会合。

随后，汉主派人去招抚杜重威，劝他速速投降，但杜重威却闭门谢客，不肯投降。

汉主见杜重威敬酒不吃吃罚酒，很是生气，立即派高行周等人攻城。但是杜重威的防守十分严密，汉军从早晨攻到下午，仍然毫无进展，无奈只能收兵回营。

等到清点士兵时发现有万余人受伤，千余人丧命。

两军又对峙了二十多天，汉主和高行周等人仍旧没有想出一个好的攻城计策。

## 35. 杜重威之乱

这时，杜重威的妻子宋国公主来求见汉主刘知远，刘知远召见了她。

原来这位宋国公主前来求见汉主是来替杜重威乞降的，汉主答应了她的请求，并让她传话给杜重威说："如果是真心投降，不管是华还是夷，一律赦免！"

杜重威得到公主传话，就劝辽将张琏（liǎn）一起投降，但张琏却说道："你们可以保全，我怕是无法幸免了，我愿坚守此城，到死为止！"

杜重威又派儿子杜弘琏前去汉营请求汉主宽恕张琏。不久后，杜弘琏就带着刘知远的手谕回到城内，汉主许诺让张琏回国。

随后，杜重威穿着素服出城投降，刘知远授他为检校太师、太傅兼中书令。

大军随着汉主入城，城内已经是饿殍（piǎo）遍地，满目萧条。辽将张琏也来拜见汉主，汉主突然恶狠狠地看着他说道："全城的兵民全都因为你一个人落得这般凄惨的下场，你可知罪！"

张琏没料到汉主会这么说，一时无法作答。汉主随即派人将张琏拉出去斩首了，之后又斩杀了数十位辽军头目。

汉主又下令将杜重威的亲信将领全部处死，然后派人将杜重威及其部下的财产全部没收，分给汉兵。

收降杜重威以后，汉主就下令还都了，留高行周为邺都留守兼天雄军节度使。

回大梁后，汉主加封杜重威为楚国公。杜重威平时出门，路人总朝他扔石头，还是一边扔一边咒骂，幸亏他脸皮厚，要不然早就活不下去了。

皇子刘承训自从祭祖后就染上风寒，而且病情逐渐加重。汉主对这个儿子格外疼爱，找来很多太医为其医治。

怎奈皇子的病情一直没有好转，竟然在当年年底与世长辞了，年仅二十六岁。汉主白发人送黑发人，自是悲痛欲绝，差点晕过去，后经左右之人极力劝慰，这才渐渐振作起来。

但是从此之后，汉主经常愁容满面，郁郁寡欢，还生了一场大病。病情好转一些，汉主才出宫处理朝政。

这时，兵部传来奏报，称凤翔节度使侯益与晋昌节度使赵匡赞叛国降蜀了，请求朝廷派兵征讨。汉主随即命大将军王景崇带领大军前往关西征讨。

然而，赵匡赞在部下李恕的劝谏下又改变心意了，他派李恕入朝面见汉主，表示自己愿意接受处罚。

汉主问李恕："赵匡赞为何要归附蜀国呢？"

李恕回答说："我主因为父亲归附胡虏，担心陛下不能原谅他，所以才想依附蜀国保全性命，但现在已经悔悟了。"

汉主听后说："赵家父子本是我的故交，如今赵延寿已经身陷牢笼，我怎么还忍心加害匡赞呢，你让他不要多疑，尽管来见我！"李恕听后拜谢而去。

不久，侯益也向汉主上表谢罪。汉主担心侯益与赵匡赞不是真心投降，于是派王景崇率兵西去，密切观察他们的动静。

赵匡赞担心蜀兵来了自己难以脱身，还没等李恕回来就赶往大梁去了。王景崇才进入长安就听闻蜀兵要来攻长安了，于是联合赵匡赞的士兵一同抵御蜀军。

蜀将张廷珪得知赵匡赞已经入朝了，便打算撤军回去，但王景崇突然带兵杀来，两军交战，蜀军大败退兵。

侯益听说王景崇击退蜀军，自然见风使舵，准备对抗蜀军。接着，王景崇又召集各军杀退蜀帅张虔钊的大军，朝廷命王景崇兼凤翔巡检使。

# 35. 杜重威之乱

而汉主刘知远在长子刘承训死后，一直郁郁寡欢，抑郁成疾，身体渐渐变得虚弱。乾祐元年（948年）正月下旬，汉主的病情加重，他自知时日无多，便招来苏逢吉、杨邠、郭威等人托付遗命。

汉主一面嘱咐郭威等人好好辅佐刘承祐，一面让他们防备杜重威，交代完后事，汉主就一命呜呼了。

随后，苏逢吉就带着禁军去抓捕了杜重威和他的儿子们，并将他们斩首示众。杜重威被杀后，苏逢吉等人才为故主发丧，接着就拥立刘承祐继位。

而两面派侯益却主动跑来觐见新帝，表示自己对汉主一片忠心，他还暗自贿赂史弘肇等人，诬陷王景崇骄横专权。

牙兵将校赵思绾（wǎn）接到进京的圣旨颇为心慌，后来竟然杀了守门的州校，据住城池，募集士兵，独霸一城了。

## 36. 三镇叛乱

河中节度使李守贞与杜重威是老朋友,他听说杜重威被斩杀,不免兔死狐悲。李守贞暗自思量,朝中掌权的都是一些后辈,不如趁机起事,说不定可以转祸为福,于是他开始训练士兵,修筑城防,昼夜不息。

这时有一个四处游历的和尚来拜见李守贞,这和尚叫总伦,他称自己是被李守贞的王气吸引前来的,还称李守贞为真主。

李守贞听他这么一说,十分欣喜,于是尊总伦为国师,每天都想着如何起事。

不久,长安来了一个使者给李守贞送来书信,李守贞一看,竟然是赵思绾的劝进书。这让李守贞心花怒放,高兴不已。

使者又给李守贞呈上金光灿灿的御衣,李守贞更是高兴到了极点。随后,他竟然自称秦王,还派遣使者封赵思绾为节度使。

同州节度使张彦威因与河中离得很近,他得知李守贞的所作所为后,立马上表朝廷,请求援兵。汉廷派滑州指挥使罗金山率兵帮助张彦威一起守同州。

随后,李守贞派王继勋出兵潼关,汉主派遣郭从义、王峻等人率兵征讨赵思绾,派白文珂等人率兵征讨李守贞。

各军同时西行,尚洪迁带领的大军首先赶到长安,与赵思绾的

## 36. 三镇叛乱

军队随即展开大战。尚洪迁大军奋死迎战仍败下阵来，尚洪迁也因伤势过重丧命。

因尚洪迁战败，各路大军都不敢急攻，一直处于观望状态。汉主很是心急，特派枢密使郭威为西面军前诏谕安抚使，管理各军。

郭威领命出发，在出发前他去太师冯道那里询问计策。冯道对他说道："李守贞是老将，在军中很有威望，将军出发后，不要吝惜财物，一定要厚赏军士，那他们必定会归心于您，这样李守贞也无能为力了。"

郭威将冯道的建议谨记于心，然后就调遣各军出征。他令白文珂赶往河中，赵晖赶往凤翔。

王景崇这时已经向蜀投降，并与李守贞勾结在一起，朝廷得知以后又下令郭威讨伐王景崇。

郭威召集诸将商议征讨对策，大家讨论一番后决定擒贼先擒

王,首先攻打路途最近的河中。

郭威兵分三路夹击河中,白文珂等人从同州进兵,常恩从潼关进兵,郭威自己带兵从陕州进兵。

行军路上,郭威与将士们同甘共苦,小功劳必有赏赐,小错也不去惩罚,士兵有病,他还会亲自去看望,对于部下的建议他都会耐心倾听。

李守贞听说郭威带兵前来,丝毫不在意,心想禁军很多都是自己的部下,受过自己的恩惠,一旦他们到了城下,自然会不战而降。

不久,三路大军陆续汇集在城下,他们一个个耀武扬威,士气正盛,郭威带领的大军尤其是士气滔天。

李守贞见状已经产生惧意,他登上城楼,向城下熟识的将士喊话,想拉拢他们,没想到这些将士压根不搭理他,还将他喊作叛贼。李守贞尴尬无比,只得提起精神,督促士兵防守。

诸将都请求急攻,郭威却摇头说:"城内防守严密,我们急攻就是赶着将士奔赴火场,九死一生,有什么用呢?现在最好的办法就是将城池围住,等到城内弹尽粮绝,再发起猛攻,到时候我们一边攻城一边招抚,必定可以成功!"

接着,郭威等人就按计划把城池围住,两军就这样对峙着。

一段时间后,李守贞带兵突围,郭威早料到他会这么做,已经提前做好防备,没有让一兵一卒突破防线。

四处求援无果的李守贞问国师为什么会变成现在的局面,总伦对李守贞说:"只剩下一人一骑的时候才是大王鹊起的时机呢!"

王景崇这边占据着凤翔,他与侯益本就有仇,于是派人将侯益一家七十多人全部杀害,侯益的一个儿子因在外地所以幸免于难。

侯益知道这件事后号啕大哭,立即上奏朝廷请求诛杀王景崇。

## 36. 三镇叛乱

于是汉主下令赵晖大军迅速攻打凤翔。

赵晖这时已经夺取凤翔西关，王景崇退守大城。赵晖多次派兵出战，可王景崇就是闭门不出。

后来赵晖听说蜀兵将要救援王景崇，于是他想了一条计策，让士兵穿上蜀兵的衣服，打着蜀军的旗号，从南山下来。

王景崇本就派儿子到蜀都求援，现在听说援兵到了，哪还辨什么真假，随即派几千兵马出城迎接。不料刚出城一里多，赵晖的兵马就从四面杀出把凤翔军团团围住。

最终，这些凤翔军全部战死，王景崇接到消息，懊悔不已，此后更加不敢轻易出战了。

这时，真正的蜀兵来了，王景崇见到儿子后随即出城迎接蜀兵。赵晖知道蜀兵到来，分兵扼守宝鸡。

蜀军与赵晖大军交战几次，没有讨到好处，于是就退守到兴元去了。王景崇听说蜀兵退回去了，又再三恳请蜀主出兵救援，于是蜀主又派安思谦发兵救援。

赵晖担心蜀兵众多，难以抵抗，于是向郭威请求援兵。

河中这边，李守贞向南唐求得援兵，郭威不得不暂缓攻城行动。

唐将李金全在离汉营不远处驻扎了好几天，他打探到汉军营垒严密，料到河中一定保全不了，唐军此去也是有损无益，于是干脆退兵回去了。

李金全等人向唐主奏明战况后，唐主给汉廷送去致歉的书信，并请汉主赦免李守贞。

汉主接到南唐来信后，没有回信，他听闻赵晖这边情况紧急，忙命郭威前去营救。郭威等人到了华州就收到赵晖的来信，说是蜀兵因为粮食吃完退兵了，于是郭威就带着大军折了回去。

白文珂听说郭威就要到了，带兵迎接，河中的大营里就只留下指挥使刘词主持一切事务。他出发之前，曾告诫刘词说："我离开后，李守贞一定派兵突围，你们一定要严防死守，万万不可掉以轻心。"刘词等人也将郭威的叮嘱牢记于心。

李守贞被围困一年多，城中粮食已经吃光，士兵和百姓也饿死了不少，眼见是把守不住了。走投无路的李守贞决定拼死一搏，他选拔了五千人组成敢死队，分兵五路突围。

郭威等人知道李守贞会突围，早就做好了准备，五路人马纷纷被击退，不少将士被俘虏，郭威将这些俘虏全部招降，还善待他们。城内的其他将士见状也偷偷跑出来投降。

郭威又命各路分道攻城，但是李守贞的防守太严密了，还是没能攻下，两军又对峙（zhì）了一两个月。

## 37. 郭威平乱

郭威与李守贞对峙的同时，郭从义与王峻向郭威发来报告，说是赵思绾想要投降。但他们认为此人凶狠狡诈，如果不除必然后患无穷，现在就听郭威要如何处置。

郭威回复郭从义让他根据情况自行决定。于是郭威与王峻设计抓了赵思绾，并将赵思绾的家属与部下全部抓捕，然后将他们斩首示众。

赵思绾的家产也被没收，一共二十余万贯，郭从义将这些钱财一半充入国库，一半赈灾。

赵思绾伏法后，郭威少了一分顾虑，就督促将士日夜攻城，很快冲进了外城。

李守贞召集残兵退守到内城，他知道自己必死无疑，于是在府衙中堆积了很多柴火，打算自焚。

几天后，城内的守将打开城门投降，有人跑来通报李守贞，李守贞急忙点燃柴火，带着全家人一起自焚。

等官军冲入府衙，用水浇灭大火，发现李守贞已经被烧死，他们救出了李守贞的几个儿子和女儿。接着，官军就将李守贞的首级割下，连同那几个没有死的子女一起带到郭威面前。

郭威查验李守贞的家属时，发现少了李守贞的儿子李崇训，于

是又命人接着搜查。后来发现了李崇训的妻子符氏,符氏告知搜查的将士李崇训已经自杀了。

这符氏是泰宁军节度使符彦卿的女儿,因郭威与符彦卿是旧交,于是郭威放了符氏,还派人将她送回娘家。

随后,郭威又抓捕了几个李守贞的同党,他将这些人与李守贞的子女一起装入囚车,派将士押往京城。

汉主刘承祐收到捷报,自然欢喜,他令人张贴告示,百官都来称贺。

至此,两处叛军已被平定,还有凤翔一处,早晚可拿下。于是汉主下令郭威还朝,郭威派扈彦珂镇守河中,刘词守华州,然后班师回朝。

回到京都,郭威进朝拜见汉主,汉主亲自倒酒慰劳这位功臣,郭威赶紧叩头谢恩。

接着,汉主又赏赐给郭威许多财物,郭威推辞着说:"臣用了一年时间才攻克一座城,何功之有?臣能诛灭叛贼靠的是内外大臣的尽心协助,请陛下将这些赏赐分给诸位大臣!"

汉主让郭威不要推辞,郭威这才勉强接受。

第二天,汉主又想加封郭威兼领方镇,郭威却一再推辞,认为自己不能担此重任,于是汉主命郭威为检校太师兼职侍中。

赵晖围攻凤翔已经一年多了,他听说河中、长安的叛乱已经平定,唯独凤翔没有被攻克,忍不住焦虑起来,于是督促众将火速攻下凤翔。

王景崇困在城内,也是弹尽粮绝,他的部下也劝他投降。王景崇对部下说道:"你劝我投降没有错,但是城破必死,投降也未必不死,你难道不知道赵思绾的下场吗?"

几天后,城外的攻击更猛烈了,王景崇登上城楼观望了好一会

# 37. 郭威平乱

儿,突然心生一计。

王景崇召来亲将公孙辇(niǎn)、张思练,对他们说道:"赵晖的精兵大多集中在城北,明天五更时,你们二人毁去城东门,假意诈降,但不能让他们入城,我与周璨带兵突袭北门。"

到了五更时,公孙辇与张思练依计行事,周璨也来到王景崇府上等候他出门。没想到王景崇府上突然起了大火,众人赶忙去救火,等把火扑灭,发现王景崇的住处全部烧没了,王景崇一家也全部葬身火海。

王景崇一死,公孙辇等人也没了主张,于是打开城门向赵晖投降。赵晖引兵入城,从灰烬中找出王景崇的尸骨,然后派人向朝廷告捷。汉主高兴极了,对功臣厚赏一番。

至此,三处叛乱全部被平定。

汉主刘承祐见三叛被平,内外无事,自然十分欣慰,他除了赏

赐各位功臣以外，又加封吴越、荆南、湖南三镇帅。

汉主刘承祐继位后任用杨邠、郭威、史弘肇、王章四位大臣分管朝廷政务，国家在这几位大臣的尽心治理下还算太平。只是朝中的苏逢吉、杨邠、史弘肇、王章几位大臣关系不和，暗自争斗。

史弘肇擅权专杀，杨邠重武轻文，王章经常增加赋税、横征暴敛，不顾百姓死活。

三叛被平后，汉主就开始纵情享乐了，性子也慢慢变得骄横。李太后知道后时常将汉主召入宫中，严词批评他，但汉主根本没把太后的教诲放在心上，转身就去寻乐去了。

到了乾祐三年（950年）初夏，边境上报称辽兵入侵，横行河北，汉主急忙召集大臣商讨战事。最后讨论决定派枢密使郭威出镇邺都，并授他为邺都留守兼天雄军节度使。

几天后，郭威入朝辞行，对汉主刘承祐说道："太后跟随先帝

## 37. 郭威平乱

多年，经历无数风浪，陛下有事可以多向太后请教。再者，陛下应该远小人，亲君子，苏逢吉、杨邠等旧臣都是值得信赖的；至于疆场战事，臣自当尽心竭力，您就不要担心了！"

汉主听完郭威的一席话，很是触动。只是等郭威北去之后，汉主就将这些嘱托忘得一干二净了。

一次，王章宴请朝中大臣，不料史弘肇与苏逢吉二人起了争执，史弘肇起身拿起剑要追击苏逢吉。杨邠在一旁劝说道："苏公是宰相，你如果加害他，那么你把天子置于何处，请公三思而后行啊！"

史弘肇听后，气冲冲地骑马走了，杨邠也骑马追上去，直到送史弘肇回到府中，这才放心离开。

苏逢吉遭遇这场风波后，日日忧心。后来汉主知道了史弘肇、苏逢吉二人之间的事情，特派宣徽使王峻设席为他们和解，但并没起到什么作用。

杨邠、史弘肇等人揽权执政，权势滔天，而且没把皇帝和太后放在眼里。李太后有个朋友的儿子，通过李太后的关系想在禁军中求一份军职，史弘肇不但不同意，还将他斩首示众。

太后的弟弟李业想升官，便想让太后帮帮忙，太后将这事转告给汉主，汉主就与杨邠和史弘肇商量，可他们二人抗议说："内史迁补，都是有规矩的，不能因为是外戚就格外提拔，以免扰乱朝纲！"

汉主将此事回禀给太后，太后只好作罢。

# 38. 后汉政变

刘承祐守丧三年期限满了,就开始找乐子了,他经常请伶人来宫中演奏乐曲,高兴的时候还会赐给他们一些锦袍玉带。

这些伶人知道史弘肇在宫中很有权势,于是向他道谢,没想到史弘肇当面斥责他们说:"士兵们在边关苦战,都没得到这样的重赏,你们有什么功劳得到如此重赏?"随后史弘肇就命这些伶人将衣服脱下,归还府库。

汉主事事都被史弘肇等人牵制,逐渐心生怨恨。

一次,汉主与杨邠、史弘肇商议政事,汉主对他们说道:"你们办事需谨慎,不要让别人说闲话!"

杨邠与史弘肇齐声说道:"陛下不用多说,有我们在,还怕谁呢!"汉主不敢斥责他们,只能将这份恨意埋在心里。

后来,汉主和左右之人谈起此事,很是不满,左右趁机进言说:"杨邠等人如此专权,以后一定作乱,陛下想要高枕无忧,必须想办法除掉这几个奸臣。"

汉主听了这话后常常担惊受怕,夜不能寐。

宰相苏逢吉与史弘肇一直关系不和,他经常怂恿李业,让他杀了史弘肇。于是李业就与身边人密谋想出了一个好计,他们向汉主禀明了此事,汉主又将这事汇报给太后。

## 38. 后汉政变

太后劝说汉主不可轻举妄动,要与宰相们商议。汉主却反驳太后说:"国家大事,并不是你们这些女流之辈能做主的,儿子自有主张。"说完就拂袖而去。

李业等人又把这件事告诉给阎晋卿,阎晋卿担心他们不能成事,反而殃及自己,于是就跑到史弘肇府上,想把李业等人的密谋告诉他。当天史弘肇刚好有事,不能见客,于是就让门吏谢绝了阎晋卿,阎晋卿不得已回去了。

第二天,杨邠、史弘肇、王章在入朝的路上被一群甲士袭击,他们拿着刀就朝这三人砍去。史弘肇最先被砍倒,杨邠和王章想要逃跑,但很快就被甲士围住,最后也死于乱刀之下。

百官见状都惊慌得不得了,这时,聂文进走进大殿,对着众人宣诏说:"杨邠、史弘肇、王章谋反,现在已经被处死,我们应该一同欢庆。"

接着，汉主刘承祐亲自来到大殿，安抚百官说道："杨邠、史弘肇、王章三人欺负朕年幼，专权擅命，让你们一直心怀恐惧。如今朕除掉大患，才成为你们真正的主子，你们也可以免遭横祸了！"百官听后全都拜谢退去。

后来，汉主又下令将杨邠、史弘肇、王章三家的亲属和同党全部诛杀，他们的家产也全部充公。

王殷、郭威与杨邠、史弘肇等人关系十分密切，汉主命人将他们除掉，还下令称凡是郭威、王殷的家族之人，无论老少，全部杀掉。

李洪义不愿诛杀王殷，他将密诏交给王殷，王殷看完密诏大惊失色，随后派陈光穗赶往邺都向郭威汇报此事。

这天，郭威与监军王峻一起谈论军事，忽然澶州副使陈光穗前来拜见，他向郭威呈上密诏，郭威看完之后才知道京都发生了祸乱。

郭威回到府中之后，急忙召入郭崇威、曹威及三军将校，诚恳地对他们说道："我与诸位披荆斩棘跟随先帝夺取天下，后与杨、史诸公一起尽心辅政，如今他们却无故被杀，现在汉主还要取我和监军的首级。我想故人已死，我也不愿独活，要杀要剐随你们，免得连累了你们！"

郭崇威等人听后不禁失色痛哭，他们极力劝说郭威不能坐以待毙，而应该驱兵南下入朝，为自己洗刷冤屈。

于是郭威留下养子郭荣镇守邺都，然后带着部众向南进发。一行人路过澶州时，王殷也来归附郭威，郭威接纳了他。

后来，郭威抓了一个间谍，审问后得知这人是汉主派来打探邺军军情的。郭威大喜道："我正要劳烦你回报朝廷呢。"

于是郭威命人写了一封文书让这个间谍带回去给汉主，文书大

## 38. 后汉政变

意是说自己一心为国,没有其他的想法。

汉廷的君臣听说郭威率军南来,打算发兵抵御,于是汉主就命侯益与慕容彦超等人率禁军赶往澶州。

这时,汉主派去刺探军情的间谍回来了,他报告称郭威大军已经到了河上,并向汉主呈上郭威的奏书。

汉主看过郭威的奏书,又后悔又害怕,连忙召集宰臣前来商讨。

汉主与诸位大臣都在叹息,唯有李业大声说道:"现在叛军来了,应该想办法拦截,请陛下打开国库拿出钱财犒赏将士,重赏之下必有勇夫,你们何必担心呢?"

于是汉主下令打开国库取出钱财分给禁军。

不久,汉廷接到急报,说是郭威大军已经到了封邱,封邱距离京城不过百里。宫廷内外得到这个消息都很震惊,李太后与汉主更是惊恐无比。

唯有慕容彦超自恃(shì)骁勇,他向汉主请奏,愿意带兵出战,汉主随即应允。

不久,朝廷就下旨命慕容彦超为前锋,袁羲、刘重进、侯益为后应,出兵抵御郭威。

两支军队在刘子坡与郭威大军相遇,但双方都安营扎寨,按兵不动。

后来,汉主不顾太后的劝阻来到军中犒劳军士。到了刘子坡,汉主立于坡上,看双方交战,南北军各出营列阵。

郭威下令说:"我此次是来清君侧的,并非与天子为敌,如果南军没有来攻,你们也不要轻举妄动!"

郭威的话刚说完,突然就听到南军阵内,鼓声雷动,那慕容彦超带着骑兵冲了出来,郭威则派郭崇威带兵迎战。

两军交战数回合仍不分胜负，郭威又派王彦超等人横冲南军。慕容彦超来不及防备，差点被邺军抓住，随即他引兵退出，部下有一百多人阵亡。

汉军见主帅慕容彦超战败，士气一落千丈，陆续就有将士向郭威投降了。侯益、张彦超、刘重进等人纷纷归附郭威，郭威瞬时军势大振。

慕容彦超知道再无胜利的可能了，于是带着几十个骑兵奔向兖州去了。

汉主刘承祐得知慕容彦超战败，当即快马加鞭赶回城去。他来到玄化门，发现大门已经紧闭，城上站着开封府尹刘铢（zhū），但刘铢并没有放汉主进城。

汉主刘承祐只得带着苏逢吉、聂文进和郭允明等人向西北逃跑，逃至赵村。突然听闻身后有马蹄声，郭允明想弑主建功，于是就朝着汉主背后刺了一刀，汉主立刻倒地身亡，享年二十岁。

然而追兵逼近时郭允明才看清他们是汉主的亲兵，顿时后悔不已，心里一急，自刎而死。苏逢吉心慌意乱，不慎从马上跌落摔死了。聂文进也被追兵追上，被乱刀砍死。

## 五代 | 39. 郭威建后周

李业和后匡赞听闻北郊兵败,急忙拿了一些财物混出城外,李业逃往陕州,后匡赞逃往兖州。阎晋卿在家自尽身亡,城中大乱。

郭威收到汉主被弑的消息,失声痛哭,部将都来劝慰他,郭威一边哭一边说:"我早晨还看见天子的马车,正想上前迎接天子,偏偏马车已经南去,我想着陛下是回去休息了,没想到竟被奸臣所害!仔细想来,这实在是我的罪过啊!"

部将们都劝他说:"主上失德,应有此变,与将军无关。现在请将军速速入都平乱,保国安民!"

郭威这才收住眼泪,率军入都,大军从迎春门入京。接着郭威回到自己府上探望,可家中已是空无一人,郭威料想家人已经遇害了,忍不住痛哭起来。

之后,郭威派何福进守明德门,纵兵四掠,士兵毁宅纵火,杀人取财,京都顿时变得一塌糊涂。后来乱兵越抢越凶,不分白天黑夜,满城烟火冲天,哭喊声震天动地。

这时郭崇威看不下去了,他对王殷说:"现在城中大乱,如果再不阻止剽(piāo)掠,大梁就要变成空城了!"

于是向郭威请命,郭威这才严令禁止士兵抢掠,违令者斩首。

士兵们这才停止抢掠。

郭威和王峻入宫向李太后问安,太后看见他们顿时泣不成声。接着太后命郭威为故主发丧,然后另择嗣君。

郭威将汉主安葬好以后,就召集百官入朝,商议后事。群臣商议后认为这次祸乱的罪魁祸首是李业、阎晋卿、聂文进、后匡赞、郭允明等人。

阎、聂、郭三人已死,李业、后匡赞逃走了,刘铢与李洪建都是从犯,而且尚在城中,于是郭威立刻派人将刘铢与李洪建逮捕,打入大牢。

郭威又与冯道一起拜见太后,请太后早立嗣君。

太后召冯道入内商量了好半天,让他拟了一道诏书对外宣诏,诏书列出了高祖的弟弟河东节度使刘崇、许州节度使刘信、高祖的儿子徐州节度使刘赟、开封尹刘承勋四位新帝人选,让百官选

## 39. 郭威建后周

择合适的人继位。

百官商议一番后决定推立刘承勋为嗣君，但刘承勋此时已经病得很严重了，无法担此大任。

于是百官又商议迎立徐州节度使刘赟，太后同意了这个提议，接着就命冯道代撰教令，择日迎刘赟回京。这个刘赟是刘知远的养子，并不是亲生的，他的生父是河东节度使刘崇。

冯道以年老为由推辞起草诏书，于是郭威就去访求翰林学士范质代为草拟。范质文笔很不错，百官与太后看了他写的诰文后都很满意。

太后又派冯道带着诏书去迎接刘赟，冯道领命出发。

郭威送走冯道就带着群臣上奏太后，说是刘赟入京还需要一些时日，先请太后临朝听政。李太后没有推辞。

李太后听政后，重赏了有功之臣，王峻、王殷、郭崇威等人都得到封赏。

这时，朝廷接到兖州的奏书，说是慕容彦超已经抓住了后匡赞并押往京城。郭威将后匡赞打入大牢，随后与之前抓捕的刘铢、李洪建一起行刑。

现在只有李业还在外逃，朝廷派人前去抓捕他，后来得知李业被强盗所杀，追兵将此事报告给郭威。

至此，这次发动政变的主犯全部伏法。

突然，朝廷收到镇州、邢州传来的急报，说是辽主突然派兵南侵，这两州乞求朝廷发兵支援。

郭威立即入宫向太后禀报，太后随即命郭威挂帅北征，国事就暂时交给窦（dòu）贞固、王峻等人掌管。

于是郭威在十二月初一率领大军从都城出发，走到滑州的时候，突然见到了徐州来的使者，他奉了刘赟的命令来到军中慰劳

军士。

诸将见郭威脸色难看,便面面相觑(qù),不肯接受刘赟的赏赐。这些将领私下聚在一起讨论说:"我等屠戮(lù)京师,犯下大错,要是刘氏复立,我们还有活路吗?"

郭威听闻诸将的讨论,装作很吃惊的样子,随后将徐州的来使打发回去,然后带兵赶往澶州。

进入澶州后,郭威大军在此住了一晚,第二天一早吃过早饭后准备继续行军。突然听闻军士大噪,郭威却没有慌乱,而是转身回到屋内。

将士们翻墙而入,对郭威说道:"天子还是由您来当才好,大家已经与刘氏结仇,不愿再立刘氏子弟了!"

郭威还没来得及说话,众将士已经将他团团围住,前呼后拥,并且撤下黄旗披在郭威身上,大呼万岁。

## 39. 郭威建后周

随后，郭威对将士们说："你们想要我还朝，就得保全汉室，并且不准骚扰百姓，不然我宁死不从！"

众人听从了郭威的话，随后郭威就带着大军回京了。

朝中的王峻、王殷都是郭威的心腹，他们听闻澶州兵变，料到郭威必定南还，于是先派窦贞固去迎接郭威，然后派郭崇威带兵去宋州暗自加害刘赟。

郭威在回京途中派人给太后写了一封信，说他是被强迫，班师南归，以后必定会继续供奉汉室宗庙，善待汉室宗亲等。李太后看了书信，毫无办法，只能默默流泪。

接着，王峻等人来到七里店迎接郭威，而且还向郭威呈上一篇劝进表，朝中大臣都在表上签了名字。郭威见到此表，欣喜不已。

众人请郭威进京，但是郭威却说没有接到太后的诰令，不肯入京。

晚上，窦贞固等人还朝，也不知用了什么法子从太后那里得到一道诰文。第二天，他们拿着诰文来到郭威大营，宣布郭威为监国，中外大事全由监国处分。

郭威没有推辞，受命监国，但还是没有入京，仍旧屯驻在皋门村。转眼间到了新年，郭威打算等新年以后再入京改元，做一个新朝天子。

刘赟这边还不知道京都发生的事情，只是高高兴兴地赶往京都。郭崇威之前奉命来暗害刘赟，他来到宋州后夺了刘赟的卫兵。

不久，太后的诰命传到宋州，说是封刘赟为湘阴公。这就相当于是夺取了他当皇帝的资格。刘赟接到诰命，面如土色，但也无能为力。

接着，郭崇威胁迫刘赟居住在外馆，并派兵监守。

王峻等人又派兵来到许州，监控节度使刘信。刘信是刘知远的堂弟，他见大军前来，害怕极了，索性自尽了事。

王峻、王殷等人已经为郭威扫清障碍，于是在正月初五迎郭威入都，并胁迫李太后将汉室国宝全部送给郭威，并传诰令让郭威继皇帝位。

郭威接受诰令，拿了国宝，当即进入大殿穿上天子龙袍登上帝位，接受百官的朝拜，并定国号为大周。

## 40. 北汉对战后周

郭威称帝后，废除了刘赟并将他囚禁在宋州。郭威的做法激怒了河东节度使刘崇，刘崇是刘赟的亲生父亲，得知儿子被废，就派巩廷美上表朝廷，请求将刘赟调到别的地方去。

但朝廷并没有答应刘崇的请求，刘崇决心与周抗衡，就在晋阳的宫殿中称帝了，国号仍称汉。刘崇建立的汉国在历史上称为北汉。

刘崇称帝这天就是湘阴公刘赟的死期，当时宋州节度使李洪义向周廷报丧，只说刘赟是突然暴毙的。

周主郭威称帝后，传诏四方，荆南节度使高保融首先上表拜贺，并且报称朗州节度使马希萼攻破潭州，杀了楚王马希广，嗣位楚王。周主郭威因国家刚刚安定，无暇南顾，只是下旨嘉奖了高保融，加封他为渤海郡王。

南楚自马希范病死以后，他的弟弟马希广继位，这时后汉主刘知远还在位，他封马希广为楚王兼中书令。

马希萼（è）是马希范的弟弟，马希广的哥哥，他被马希崇怂恿篡位。马希萼本就不服马希广的安排，于是起兵造反。后来，马希广兵败被马希萼抓住，马希萼命人将马希广勒死。随后，马希萼自称天策上将军、嗣楚王。

不久，马希萼向南唐称臣，唐主李璟册封马希萼为楚王。

南方战乱不休，北方也是战火连连。北汉主刘崇得知儿子刘赟的死讯，悲痛万分，下决心要为儿子报仇。

这时，辽主写信给刘崇的儿子刘承钧向他询问国情。刘崇命人回信说汉朝沦亡，自己继承帝位，现在也想仿照晋国的故事，向北朝求援。

辽主收到回信，欣然答应了出兵之事。刘崇也命皇子刘承钧为主将，带着白从晖等人兵分五路，攻打晋州。

晋州节度使王晏见北汉大军来攻，闭门不出，城上的旗帜也是散乱不堪。刘承钧还以为他不善于守城，于是派士兵架梯子攻城。

不料，城楼上埋伏的士兵突然冒出来，将北汉军杀了个措手不及，死伤无数。

## 40. 北汉对战后周

刘承钧哪敢恋战，急忙率兵逃跑，王晏则驱兵来追击。最后，刘承钧大军又死伤一千多人，他的副兵马使安元宝也被王晏擒住，投降了晋州。

刘承钧是又惭愧又愤怒，他知道晋州是攻不下来了，于是决定转攻隰（xí）州。行军到长寿村的时候，隰州步军指挥使孙继业突然从旁边杀出来，刘承钧的前锋程筠冲出来与孙继业展开激战。

这两人战了一二十回合，孙继业将程筠从马上击落，程筠被隰州兵抓住后斩首，并挂在军前示威。

刘承钧此时愤怒极了，率军与孙继业拼命，但孙继业却逃回城中不与刘承钧交战。刘承钧数次攻城但没有取得成功，还损失了不少人马，最后只好率军退去。

北汉主刘崇接得败报，焦急万分，急忙派人到辽国求援。

辽主两边都不想得罪，郭威称帝后，他也派人去示好。这次与北汉联合，也只是想看北汉与周国相争，自己坐收渔翁之利。

辽主见北汉来求援，没有直接答应出兵。这下弄得刘崇更着急了，他又派宰相带着国书与金银再次拜见辽主。国书中刘崇自称侄皇帝，请求叔皇帝援助自己。

辽主这次心满意足，于是立即召集诸部酋长，打算即日大举南下，援助北汉。辽主亲自带领部众来到新州，大军驻扎在火神淀。

夜间忽然发生兵变，燕王述扎与伟王之子呕里僧冲入辽主耶律阮的帐内，举刀砍死了熟睡中的辽主。耶律德光的儿子齐王耶律述律此时也在军中，他听闻军中生变，吓得赶紧逃入了南山。

随后，述扎想自立为帝，但是各部酋长都不愿拥立他，反而情愿推立耶律述律，于是他们杀害了述扎和呕里僧，迎立耶律述律。

耶律述律来到幽州，在幽州即皇帝位，号天顺皇帝，改元应历，然后为耶律阮发丧，并派人到北汉告哀。

刘崇随即派使者一面祝贺耶律述律即位，一面为耶律阮吊丧，并且仍称耶律述律为叔，请他继续发兵攻打周国。

这个耶律述律很喜欢游猎，一点也不关心政事，每天晚上聚众畅饮，通宵达旦，第二天就一直睡到中午才起床，国人给他起了一个外号叫睡王。

北汉再三派人来求援，耶律述律才派彰国军节度使萧禹厥率兵五万与北汉会师，从阴地关进攻晋州。

此时晋州节度使王晏与徐州节度使王彦超来了个对调，王晏已经离镇，而晋州节度使王彦超还在赴任的路上，晋州可以说是群龙无首了。

这时，巡检使王万敢暂领晋州军事，他与史彦超等人一起带兵据守。

辽兵五万人，北汉兵二万人，一起来到晋州城北，三面营垒围攻晋州。王万敢等人多方抵御，并派人紧急赶往大梁求援。周主郭威接到求援信，立即派王峻为主将带兵援助晋州。

不料，王峻的兵马到了陕州就不走了，但他并非故意逗留，而是另有密谋。周主郭威得知王峻的举动十分惊讶，打算亲自出征救援晋州，他还派遣使者督促王峻继续前行。

王峻见到使者后对他说道："我在陕州停留，并不是畏战，而是想等汉辽联军气馁以后再出兵，那时我军气盛他们气衰，才容易取胜。我听说慕容彦超怀有异心，一定会趁京城空虚来袭，希望你转告陛下让他万万不要离开京师！"

使者将王峻的话回报给郭威，郭威这才恍然大悟，揪着自己的耳朵说："差点坏了大事啊！"于是下令取消了亲征。

## 40. 北汉对战后周

时间到了十二月，天气严寒，雨雪纷纷。王峻下令各军火速前进，为了防备敌军截断前路，还命部下药元福率领三千士兵占领了晋州南面的蒙阮。

北汉主刘崇与辽将萧禹厥一直想方设法攻晋州城，但始终没有成功。眼看粮食要吃完了，又是天寒地冻，不禁有了退兵的念头。

刘崇等人又接到探报，说是王峻已经越过蒙阮，朝晋州城赶来。这下刘崇更心惊了，立马命人烧去营垒，连夜返回晋阳。

王峻等人到了晋州发现敌军已经逃走了，王万敢等人打开城门将王峻迎入城中。

后来，史彦超等人再三请奏王峻继续追击敌军，王峻答应了他们的请求。

药元福等人追到霍邑（yì）时，追上了敌军。敌军的后队是北汉军，北汉军听说追兵到了，吓得四处逃散，此地都是悬崖峭壁，不少士兵坠崖身亡。

这时，王峻派人传令让药元福等人停止追击，药元福长叹一声，收兵回去。

辽兵回到晋阳，人马损失四成。辽兵这次损失也不小，刘崇只得给了辽国很多金银作为补偿。

## 41. 南唐灭楚

楚王马希萼占据长沙后,刑罚严苛、屠戮无度,已经渐渐失去人心。而且他还整日沉迷酒色,国家政事基本上都交给马希崇管理去了。

马希萼有一男宠叫谢彦颙(yóng),他仗着马希萼对自己的宠爱,常常凌辱大臣,就是手握大权的马希崇,谢彦颙也不放在眼里。马希崇和群臣都很厌恶谢彦颙。

一次,马希萼下令部将王逵和周行逢带着一千多名将士修葺府邸,大家干得汗流浃背,非常辛苦,但最后却一点犒赏都没有得到。

士兵们满是怨言,王逵私下对周行逢说:"众人都对楚王怨恨很深了,不早点想办法,恐怕就要祸及我们自己了!"于是他们带着部众逃回朗州。

马希萼醉酒还没睡醒,左右之人也不敢叫醒他,一直等到第二天早上才向他通报此事。马希萼大怒,立马派遣唐师翥(zhù)带兵追击王逵等人。

不料,唐师翥的人马在朗州城下被王逵等人伏击,士卒全部战死,只剩他一人逃了回来。

王逵等人进入朗州城后,赶走了马希萼的儿子马光赞,另奉马

## 41. 南唐灭楚

希萼的侄子马光惠为节度使。但这个马光惠嗜酒成性，又愚笨懦弱，不能服众，于是诸将商议推立辰州刺史刘言为留后，王逵担任副使。

他们担心马希萼来讨伐，特地向南唐求册封，但是唐主没有同意。众人奉表向后周称臣，但是周主也没有理会。

之前，马希萼与许可琼秘密约定，分治湖南。但是马希萼攻入潭州后就违背了约定，他担心许可琼暗中勾结朗州，于是将他调为蒙州刺史。

为了防备朗州兵来袭，马希萼派徐威、陈敬迁等将领在城西北边立营置栅。徐威等人每日起早贪黑辛辛苦苦修筑工事，马希萼却从来没有抚慰过他们，军中又是怨声四起。

马希崇已经发觉将士离心了，但是他也有私心，所以没有去劝谏楚王。

这天马希萼设宴犒劳军士，徐威等人借故没有赴宴，马希崇也称身体不适没有去。

徐威等人是想借这次机会除掉马希萼，他们先驱赶数十匹烈马闯入府中，然后率领众人手持兵器跟在后面。他们以抓马为借口，击杀众人。马希萼见状急忙起身逃跑，可还是被徐威等人抓住，五花大绑关在囚车里。

随后，徐威等人又推举马希崇为武安留后，并在城中大肆掠夺了两天才收手。

马希崇想要借刀杀人，于是命彭师暠（hào）将马希萼押往衡山县囚禁起来，想借彭师暠之手除掉马希萼。

不久，马希崇接到朗州发来的檄文，细数他篡逆之罪，马希崇开始惊慌起来。忽然，又听闻朗州留后刘言已经派军逼近潭州了，马希崇更加手足无措，立马发兵抵御，并派人到朗州求和。

刘言收到马希崇的求和信犹豫不决，这时掌书记李观象进言道："马希萼的旧将肯定不愿与您做邻居，我们要求马希崇将这些旧将的首级全部献上，才跟他讲和。他如果这么做了，我们取湖南就易如反掌了。"

刘言依计行事，命使者回报马希崇，马希崇心中畏惧，竟然真的杀死马希萼十多位旧臣，并派人将他们的首级送到朗州。

刘言见计谋达成，就撤回益阳的兵马与马希崇议和了。马希崇没了大患，又开始纵情酒色，整日玩乐。

可他万万没想到，押解马希萼的彭师暠竟然背叛了他，与衡山指挥使一起推立马希萼为衡山王，公然与他为敌。

马希崇得此变故，就派使者上表南唐，请求南唐发兵抵御朗州兵。唐主李璟也想吞并楚国，于是就派大将边镐（hào）向西赶往长沙。

徐威等人见马希崇杀了很多旧将，十分气愤，他们知道马希崇成不了大事，就想找机会除掉他。

但马希崇察觉到了徐威等人的意图，为了自保，他迎入唐军，并向南唐送去降表。

边镐率兵抵达潭州，马希崇带着弟弟和侄子等人出城迎接。边镐进入城中以后大开湖南的仓库，取出金帛赏给将士，取出大米赈济灾民，全城军民都高兴得不得了。唐主李璟又派武昌节度使刘仁赡（shàn）趁机攻打岳州，刘仁赡攻取岳州后向南唐报捷。

南唐百官纷纷上表称贺，唯独起居郎高远进言说："趁乱取楚是很容易，但统兵各将都不是什么良才，恐怕攻取容易守住难啊！"

唐主李璟没听进去高远的话，而是授边镐为武安节度使，召马氏全族人入朝。马希崇不愿意离家，想要重金贿赂边镐，让他代自己请奏留在长沙。

## 41. 南唐灭楚

边镐笑着对马希崇说道："我朝与你们世代为仇敌，可从来不曾大举入侵，灭掉你们。如今你们兄弟相残，走投无路向我们投降，这是天意啊！我怎么能将你留在长沙呢？"

马希崇听后哭着带着族人与部将们登上船，一起前往金陵。

不久，唐朝派使者来督促马希萼前往金陵，马希萼无奈与彭师暠等人一起投降南唐了。

马希隐听说两位哥哥投降南唐，还想搏他一搏，据守岭南。

偏偏南汉主刘晟派吴怀恩率军入侵，接连占据蒙州、桂州，马希隐抵御不了，带着部众向全州逃去。吴怀恩接着攻占岭南以北的大部分地方。

从这之后，南岭以北属于南唐，南岭以南属于南汉。只有朗州一角被刘言占据，但也不属于马氏了，楚国也从此不存在了。

从马氏占据湖南到马希崇降唐，一共经历六主，共计五十六年。

马希萼兄弟先后到达金陵,唐主李璟看马氏兄弟恭顺,于是给他们都封了官,其他湖南来的将领也被封了官。

唐主李璟占据湖南后,又想着北征,朝中大臣劝谏唐主李璟说:"郭氏奸雄,不输曹操和司马懿,而且周国边境守卫非常坚固,我们要是贸然出兵,恐怕成功不了,还会深受其害呢!"

唐主觉得这话很有道理,于是打消了北征的念头。

偏偏兖州节度使慕容彦超,背叛周国起事,向唐主求援。这下又激起了唐主的雄心壮志,他立即派燕敬权为主将率兵五千,援助慕容彦超。

## 42. 四方战乱

慕容彦超自从兵败后就一直忧心忡忡，昼夜不安，害怕周主会谋害自己。于是他特地让人带着宝物献给周主，以表忠心，顺便试探周主的想法。

周主郭威为了拉拢慕容彦超，不计前嫌，还封他为中书令。

但慕容彦超始终不相信郭威，他招兵买马，暗中勾结北汉，准备起事。其实周主早已知道他与北汉勾结之事，但还是给了慕容彦超最后一次机会。周主派人给慕容彦超传话，愿意与他订下盟约。

慕容彦超还是不肯相信郭威，他还诬陷高行周约他一同起兵造反。周主郭威当然看破了慕容彦超的诡计，没有怪罪高行周，还派兵帮助高行周守城。

一年以后，慕容彦超准备起兵造反了，他把士兵都召入城中，然后派人到南唐求援。

周主郭威也没闲着，下令夺了慕容彦超管治的沂州、密州。慕容彦超直接抗旨不遵，周主郭威随即派曹英、史彦超等人带兵征讨慕容彦超。

慕容彦超得知周廷已经出师了，急忙派遣使者约唐夹攻周军。唐主李璟派燕敬权带兵支援慕容彦超。

燕敬权带领南唐大军到了下邳，他害怕自己寡不敌众，又带着军队退到沭阳。不料，徐州巡检使张令彬偷袭唐营，将燕敬权活捉了，随后将他押送到汴梁。

周主郭威想借此机会拉拢南唐，于是他将燕敬权释放回国，还赐他衣服和金银。燕敬权感激涕零。

周主还对他说道："奖顺除逆，各国都一样，叛贼四处掠夺，危害百姓，你们却助纣为虐，我实在不理解。你回去告诉你的主子让他不要再出兵了！"

燕敬权将这些话转述给李璟，李璟很是感激，就不再发兵支援慕容彦超了。

慕容彦超失去南唐这一帮手，只能登城防御了。曹英等人到了城下，猛攻不克，只好修筑营垒，打算长期围攻兖州城。

这时，王峻正从晋州还师，他也被周主调派攻打兖州。慕容

## 42. 四方战乱

彦超见又来了一批周军,更加惊慌了,他屡次派将士出城突围,但都失败了。

周主郭威见兖州久攻不下,于是下令亲征。

慕容彦超因被困良久,城内已经没有钱财犒赏军士了,于是下令搜刮民脂民膏,但是搜刮来的钱财,一大半进了他自己的腰包。

将士们渐渐没了斗志,相继投降,慕容彦超身边亲兵也全部溃散。最后,无计可施的慕容彦超带着妻子投井自尽了,他的儿子突围失败也被当场处死。周主郭威随即下令将慕容氏一族全部诛杀。

平定慕容彦超之乱后,郭威设宴犒赏众将士。

唐将边镐驻守长沙后,体恤百姓,大家都称他为边菩萨。后来他迷信佛教,就把政事抛到一边去了,军民对他很是失望。

这时,南汉派兵来攻打郴州,边镐出兵迎战,结果大败,郴州也被南汉攻陷。

唐指挥使孙朗、曹进等人是边镐的部将,跟着边镐一起平楚,但因唐主赏赐不公,克扣军粮,心生怨恨,后来投奔了朗州的刘信。

刘信热情地接纳了他们,王逵问孙朗:"我想再去夺取湖南,但担心唐兵前来支援,你们有什么办法吗?"

孙朗回答说:"我在唐廷数年,对他们知根知底,现在唐廷朝中无贤臣,军中无良将,唐主忠奸不分,赏罚不当,能保住淮南就不错了,还有什么精力兼顾湖南呢?我愿做将军的前驱,取湖南易如反掌!"

王逵听后大喜,重赏了孙朗和曹进,然后就整顿兵马,准备大举进兵。

唐廷这边,唐主李璟派两路大军出兵,想夺取朗州和桂州,但并未如愿,而且还损失惨重。

后来,唐主决定授刘言为益州节度使,就召刘言入朝,想试探一下他的想法。刘言收到唐主的诏书,就与王逵等人商讨对策,最后决定假意答应唐主入朝,然后让王逵为主帅,带着何敬真等人即日发兵。

孙朗和曹进作为先锋军直抵沅江。大军势如破竹,一路攻陷桥口、湘阴、直逼潭州。边镐自知抵不过朗州兵,弃城逃跑了,城中的士兵和百姓也都慌乱逃窜。

王逵带兵入城后,自称武平军节度副使,他又命蒲公益攻打岳州,岳州守将不战而逃。湖南各州县的唐官全都闻风丧胆,相继逃跑了。

从前马氏的领土,现在又归刘言所有了,只有郴州、连州归

## 42. 四方战乱

南汉占有。

接着,王逵又派人到朗州请刘言入主长沙,但刘言不愿舍弃朗州,于是上表周廷,报捷称臣。

周主郭威与众臣商议后决定同意刘言的请求,并封他为武平节度使兼朗州大都督。王逵、周行逢、何敬真等人都各有封赏。

唐主李璟因为兵败追究罪责,削去了边镐的官爵,把他流放到饶州去了。李璟的左右之人对他说:"陛下数十年不用兵,国家就能达到小康了。"

李璟愤然说道:"朕将终身不用兵了,何止数十年!"

王逵等人得胜后,觉得自己的功劳比刘言大,内心不甘居于他之下。两人平日交流,王逵对刘言说话很傲慢。

刘言也对王逵颇为忌恨,所以暗地里图谋除掉王逵。

王逵察觉到刘言的意图后也开始戒备刘言,这时王逵的左右手周行逢给王逵献上妙计,除掉了何敬真、朱全琇、李仿。

接着,王逵就亲自带着骑兵,去偷袭朗州。朗州毫无防备,王逵顺利杀入,直驱刘言府衙。

刘言听见动静,冒冒失失地走出来,刚好碰上王逵,王逵立即命人将刘言拘禁起来。

朗州的士兵见状都仓皇出逃,王逵下令说是刘言私通南唐,所以特来问罪。

王逵占据朗州后,奉表到周廷,给刘言安了不少罪名。周主郭威无暇顾及湖南之事,只要他们仍称臣纳贡也就随他们去了。

周主派人前去安抚王逵,答应了他所有的要求,并授王逵为武平军节度使兼中书令,王逵高兴极了。

不久,王逵就派人毒死刘言,至此湖南之乱也告一段落。

## 43. 郭荣登基

镇宁节度使郭荣是郭威的义子,他听说符彦卿的女儿足智多谋,现在寡居在娘家,于是就请周主代为求亲。

周主之前认符氏为义女,他当然乐得促成好事,于是就写信给符彦卿,替郭荣求亲。符彦卿也很高兴,当即就把女儿送到澶州,与郭荣结为夫妻。

郭荣在外镇待了两年,多次请求入朝。但是朝中的王峻十分忌惮郭荣,总是在一旁阻拦。

后来,郭荣终于找到一个机会入朝了,周主郭威见到郭荣后,喜悦之情溢于言表,当即授郭荣为开封尹兼功德使,加封晋王。

王峻当时在外镇巡视,得知郭荣入朝后,急急忙忙返回大梁。

回来后王峻就开始闹脾气了,他先是请求辞职,周主没有答应,接着又乞求外调,周主依旧再三劝慰,还加封他为平卢节度使。

即便这样,王峻还不满足,依然上表辞职,并且几天都不理政事,后来直接称病不来上朝。周主虽然多次婉言劝慰,但心里已经对他产生芥蒂了。

后来,王峻恃宠而骄,多次向周主提出无理要求,周主终于忍无可忍将他扣押起来。

## 43. 郭荣登基

周主气愤地对着冯道等人说道："王峻肆意妄为，完全不把我这个君主放在眼里，现在朕也顾不了那么多了！"

冯道等人在一旁连连劝解，最后周主郭威将王峻贬为商州司马，并勒令他即日出京。

王峻得令后神色沮丧，狼狈离开京城，不久后抑郁而死，他的同党也都被贬官。

邺都留守王殷与王峻一同辅佐周主，他得知王峻的下场，也变得不安起来。之前王殷经常向百姓敛财，惹得民怨四起。郭威知道他的所作所为后派人去告诫他不要再四处敛财了。

但王殷并没有听从郭威的告诫，依旧我行我素。此外，王殷还将河北的戍兵任意调换，也不上报朝廷，郭威因此对他心存芥蒂。

后来，周主郭威诞辰，王殷上表请入朝祝寿，但周主怀疑他有二心，不准他入朝。不料王殷竟然抗旨来到京城，还带着很多骑兵。

周主得知王殷入京，惊恐异常，更加怀疑他有意谋反了。周主随后召见王殷，然后趁他不备将他抓住，斥责他擅离职守。

和王峻一样，王殷也被削去官爵，流放到登州。行到半路时，王殷接到一则诏书，说他有意谋反，可就地正法，就这样王殷也被周主除掉了。

周主郭威杀死二王，这才没了后顾之忧，当下就命皇子郭荣掌管内外军事。

眼见国家慢慢强盛，周主郭威的身体却吃不消了，他卧病在床，无法处理政务，于是下诏让郭荣代为处理政事。

见郭荣整日忙于国事，郭荣手下的部将曹翰入都拜见他说："大王身为国家储君，应该想着尽孝，现在主上卧病在床，您不在一旁侍奉，整日在宫外办事，如何能让天下人臣服于您呢？"

郭荣听了曹翰的话恍然大悟，当即入宫日夜侍奉郭威。

周主郭威嘱咐郭荣说:"我死后,你不要劳民伤财、修筑陵墓,一切从简就行了。"郭荣含泪答应。

周主召入李重进嘱托遗命,李重进是郭威的外甥,郭威对他十分信任。郭威命李重进向郭荣下拜,表明他们君臣的名分,李重进也诚心跪拜郭荣。

周主又叹息道:"朕看当世的文才,没人能比得过范质、王溥,今日他们同为宰相,我死而无憾了!"

当晚,周主就在滋德殿病逝,享年五十一岁。

郭荣秘不发丧,三天后才昭告百官,颁布了周主的遗命,在灵柩前即位。

这时,突然有急报传入朝廷,说是北汉主刘崇勾结辽军一起入侵潞州了。周主郭荣刚刚登基就听到这样的消息,不免有些心惊,但他很快调整好心态,召集群臣商议,想要御驾亲征。

## 43. 郭荣登基

群臣都劝谏郭荣不要亲征，郭荣却说："刘崇看我新立，以为这是个入侵中原的好时机，眼看潞州告急，我必须亲征，才能先声夺人，免得被他小瞧了！"

但冯道等人还是极力劝阻郭荣亲征，郭荣没有理会他们，转身入内。

随后，周主就颁发诏令，让各地招募勇士，送入京城。周主命人将这些壮丁编入禁卫军，每天操练，准备让他们护驾亲征。

不久，潞州又传来急报，这次情况更危急了。周主郭荣看了急报，也不想跟冯道他们商量了，直接召入王溥和王朴两人一同商议亲征的事情。

王朴和王溥赞同周主亲征，他们奏请周主应该先调集各道兵马汇集在潞州，这样才能出发。

郭荣听从了他们的建议，随即下诏各军赶赴潞州，多方截击敌军。到了怀州，周主听说刘崇已经引兵向南，于是打算加速进军。

几天后，周主大军就到了泽州。汉主刘崇带着辽兵走过潞州，但没有发起进攻，而是向泽州进发。

周军此时就在泽州驻扎，听说刘崇军来攻，立即迎战。刘崇派前锋军前去挑战，但很快被周军击败撤退。

周主担心他们逃走，继续驱军前行，追赶敌军。大军来到巴公原，远远就看见北汉军队列队齐整。

两军对峙，周军与刘崇军相比，人数只有他们的三分之二。刘崇此时非常得意，对着诸将说道："早知道敌人这么少，我就不求辽军相助了！"

接着，刘崇令张元徽带着一千骑兵攻击周军右军。周军这边的樊爱能等人抵挡不住张元徽的进攻，几个回合下来之后竟然解甲投降了。

刘崇见状亲自督军前进,继续攻击周军。周主郭荣也亲自带领亲兵,继续向前督战。

这时军中有人对指挥使张永德说道:"贼兵气势已骄,我们力战就可破敌,现在请将军部下的弓弩手为左翼,末将愿为右翼,两面夹攻,定能取胜!"

张永德点头同意,于是下令依计行事,最后竟然逼得敌军连连后退。这位英勇的士兵是谁呢?他就是将来的宋太祖赵匡胤。

周军这边立即士气大振,他们趁势发起猛攻,将北汉的大将张元徽砍死。张元徽一死,北汉军士气立马低落下来。

刘崇见情况不妙,连忙鸣金收兵。辽将杨衮(gǔn)看见周军得胜,也不敢出兵增援。而且他看不惯刘崇的狂妄自大,此时更乐得袖手旁观,引军撤退。

这一战,北汉大败,周军大胜。

## 44. 郭荣大战北汉

刘崇兵败之后狼狈逃回晋阳，周主郭荣将之前投降北汉的将士全部处死，以振军威。

接着，周主论功行赏，张永德、李重进等人都得到周主郭荣的赏赐。张永德还保荐赵匡胤，说他智勇双全。周主也授赵匡胤为殿前都虞候，领严州刺史。

大军休整一段时间后，周主郭荣命符彦卿为主将，带领着李重进、史彦超等人领兵两万，继续征讨河东。

随后，周主又让王彦超与韩通带兵进入阴地，与符彦卿合军西进。

史彦超首先到达汾州，北汉汾州防御使董希颜严防死守，史彦超连续攻了几天也没能攻下。后来符彦卿的前军与史彦超合攻才拿下汾州。

两路大军合军以后，一起进攻晋阳。

北汉主刘崇此时正收集散兵，修筑城防，以防备周军。辽将杨衮正要回师，刘崇派王得中为他送行，顺便向辽主求援。辽主答应支援他们，但刘崇迟迟未等到援兵，只有先固守晋阳。

不久，辽州刺史、沁州刺史先后降周，石州也被王彦超大军攻陷。

周主接得捷报连连，非常高兴，也想要亲征。这时，又接到符彦卿的军报，说北汉宪州刺史、岚州刺史纷纷归顺，周主更觉欣慰。

周军进入北汉境内，百姓们都争相迎接王师，还哭诉说刘氏苛政，弄得民不聊生，他们甚至愿意提供军需，协助周军攻打晋阳。

周主向诸将表达了自己的想法，但诸将都担心粮草不足，建议周主从长计议。周主已经下定决心，哪有退回去的说法，于是火速带军抵达晋阳。

符彦卿与史彦超等人已经在晋阳城外安营扎寨了，周主到晋阳后进入符彦卿大营，与他商讨军事。

符彦卿劝谏道："晋阳城不是一天两天可以攻下的，我军现在疲乏不堪，粮草匮乏，恐怕一时难以取胜，况且有消息称辽国的援兵要来了，还请陛下三思而行啊！"周主听后，沉默不语。

接着，周主命符彦卿等人去攻打忻州，自己则率领剩下的军队围困晋阳。

但是周军的粮食供给还是出现问题，调来的粮食根本不够吃，军士们只好四处劫掠，当地的百姓对周军大失所望，都逃到山谷去了。

接着，符彦卿的奏报接连传到周主大营，说是先锋都指挥使史彦超与辽军对战时阵亡，周军也死伤不少，并请求周主班师回朝。

符彦卿非常悲痛，叹息着说："我之前说回军，偏偏主上不同意，现在害得我损兵折将，可怎么办才好啊！"

周主郭荣接到符彦卿的奏折，忍不住悲叹道："这次损失猛将，全怪朕啊！"周主本打算吞并北汉，但粮食缺乏，人马疲乏，更加不能长久攻城，再加上史彦超战死，周主更坚定了退兵的决心。

这时，符彦卿从忻州返回与周主会合，周主打探到辽军援军马

## 44. 郭荣大战北汉

上来了，于是命令军士收拾行装，班师回朝。

周主又命药元福断后。药元福命人将十万粮草与军士器械全部毁去，率领一军走在队伍最后，严格戒备。

刘崇见周军退去，派兵追击，幸好药元福早有准备，北汉兵攻击了好几次也没有占到好处，反被药元福的军队追杀了数里，斩首数千人，北汉兵也不敢再追了。

周主回到潞州，休息了几天就启程去新郑县，郭威的陵墓就建在此地。

太师冯道负责监工，陵墓修好以后，冯道就病死了，享年七十三岁，做了四代宰相。

周主回到大梁，立卫国夫人符氏为皇后，进符彦卿为太傅，改封魏王。其他随行的将领也各有封赏。

只是周国这次出兵北汉，算是无功而返，之前占领的北汉地盘最后全回到刘崇手里了。

回京以后,周主每天上朝亲理政务,十分认真。

在检阅军士问题上,周主奉行兵贵精不贵多的原则,他令赵匡胤挑选才华出众之人,将那些骄兵惰卒全部淘汰。从此,宫廷内外的军士个个都是勇猛强健的精兵。

这年冬天,北汉主刘崇,忧愤成疾,不久便去世了。刘崇的次子刘承钧向辽国告哀,辽主册封刘承钧为汉帝,呼他为儿。

刘承钧随后改名为刘钧,又在晋阳创立七庙,尊刘崇为世祖,改元天会,然后向辽国借兵。

辽主派高勋为将,率兵协助刘钧。汉辽大军合兵之后一起进攻潞州,但是久攻不克,高勋无奈带着辽兵回去了。

刘钧自知敌不过周军,于是决定休兵养民,好好治理国家,增强实力。周主这边因大军刚刚回师,元气大伤,也只是告诫守边的将士,固守边疆,不得出战。

辽主听闻周军在堰口筑城,时不时来骚扰。王彦超、韩通分头抵御,也起了一些成效。但是辽兵一会儿来一会儿走,来来去去毫无规律,害得王彦超等人日夜防备,寝食难安。

这时,边将张藏英带着兵丁来到大堰口,他与王彦超等人商议,决定自己作前驱,王彦超、韩通作后应,杀他一个痛快。

随后,张藏英就带领众人向前击杀,顿时就把辽兵杀得落花流水。王彦超等人从后追上,也杀死无数辽兵。

张藏英又继续追赶辽兵二十里,远远看不见辽兵的身影了,这才退去。

周军得以安心修筑大堰口城垒,建成之后张藏英保守城寨。周廷改称大堰口为大宴口,号这里的屯军为静安军,命张藏英为静安军节度使。

## 44. 郭荣大战北汉

周廷休养生息一段时间后，周主又有了西征南讨、统一中国的想法。

他召入范质、王溥（pǔ）等人，对他们说："朕纵观历代君臣，想求得天下太平，实在不容易。朕日思夜想也没想出好计策，但想朝中有不少能人异士，应该让他们畅所欲言，如果有好的计策，可以采纳，你们觉得如何？"

范质等人都赞同周主的提议，于是周主召翰林学士二十多人入殿亲试。他们每人写两篇文章，一篇题目为"为君难，为臣不易论"，一篇题目为"平边策"。

## 45. 周蜀交战

周主郭荣为了求得平定天下的良策,就给翰林学士出题,让他们各抒己见。徐台符等人得了题目之后,各自去撰写,从辰时到未时,大家陆续交卷。

周主逐篇阅览,发现大多文章都是夸夸其谈,只有窦仪、杨昭俭、王朴提出的看法很符合他的心意。尤其是王朴的文章,被周主和众人交口称赞。周主欣慰不已,将这三人全都升了官。

接下来,周主就采用王朴声西击东的计策,先派偏师进攻蜀国,再派正军袭击南唐。

蜀主孟昶喜欢出游打猎,而且事事铺张浪费,毫无节制,一旦国库钱财不够用,就向百姓索取。

秦州、凤州的百姓受不了蜀国的苛税,一心想回到中原,于是他们多次派人到周廷请求周军举兵收复旧地。

周主正要发兵,又见民望所归,更加喜悦。他立即命王景、向训进攻蜀国的秦州、凤州。蜀主听闻周军来攻,也立刻派赵季札赶往秦州、凤州等地巡视备战情况。

但是这个赵季札是一个吹毛求疵(cī)的人,老喜欢挑人毛病,秦州和凤州的守将都对他不服,甚至出言顶撞了他。

赵季札怀恨在心就向蜀主请奏说这两州的守将并非将才,根

## 45. 周蜀交战

本抵御不了周军。而且他还毛遂自荐，愿意担此重任。蜀主听了他的话，让他调兵遣将扼守秦州、凤州。

安排好一切后，蜀主又继续喝酒吟诗、寻欢作乐，一点也不担心战事。

蜀主曾经有一非常宠爱的妃子叫张太华，后来她意外去世，蜀主悲痛不已。蜀臣们想为蜀主解忧，就寻来一位国色天香的女子，这位女子秀外慧中、擅长文墨，很快博得蜀主欢心，蜀主封她为贵妃，别号"花蕊夫人"。

蜀地向来富饶，再加上十年没有战事，百姓们五谷丰登，一斗米才值三钱。蜀主高枕无忧，又广选了不少良家女子入宫，与她们一同享乐。

这年周蜀已经开战了，正值夏季，蜀主孟昶根本就不担心战

事，反而带着花蕊夫人等人一起来摩诃池上避暑，他们饮酒作诗，好不快活。

这时，突然有急报传来，说是周军已经从大散关杀到秦州来了，连拔八座大寨。孟昶气愤极了，说道："可恨的强寇，败了我的诗兴！"

随后，蜀主一面派李廷珪、高彦俦等人率军抵御周师，一面催促赵季札火速赶往秦州，支援韩继勋。

这个赵季札奉命出军，却把爱妾都带在身边，一路上慢慢悠悠好似游山玩水一般。到了德阳的时候，他听闻周军连拔诸寨，这才惊慌起来。现在朝廷下诏催他急进，他更觉进退两难。

赵季札的爱妾也劝他回京都躲避敌寇，于是赵季札就引兵撤回了，他还上书请奏说还朝有要事启奏。

蜀主召赵季札入朝，问他有何军事禀报，他却支支吾吾答不出来。蜀主大怒道："我还以为你有什么才能，所以将重任委托给你，不料你竟然如此愚笨懦弱！"

随后，蜀主命御史台查明赵季札的罪状，将他斩首示众。

蜀将李廷珪率兵来到威武城，正好碰上周军排阵使胡立。两军交战，胡立兵少势孤，被蜀军活捉，他的部众也差不多都被蜀军抓住。

李廷珪得了小胜，却谎称大捷，派人到成都报捷。

蜀主收到捷报很是欣慰，随后就派使者去南唐和北汉，约他们一起夹攻周军。哪知好景不长，捷报才到，败报又来了。李廷珪的前军被周将打败，将士被掳三百多人。

蜀主又派伊审征前往前线督战，伊审征到了军前，与李廷珪一同商议作战计策。他们决定先派前锋李进占据马岭寨，截住周军来路；再派游击队进兵白涧，作为偏师；最后令王峦引兵去断

## 45. 周蜀交战

绝周军的粮道。

王峦来到黄花谷附近，探知周军运送粮草辎重的队伍没有大将护送，十分高兴，于是率领士兵赶往黄花谷。但是黄花谷又窄又长，士兵不能并行，只能排成长队蛇行过去。

哪知周军早就埋伏在谷口，他们见蜀兵出谷，见一个捉一个。当时王峦在队伍后面，根本不知情，只是一个劲儿地催促士兵赶快前进，等到蜀兵被抓了一千多人，他才收到警报，慌忙传令退回。

想不到，后面的谷口也被周军堵住了，王峦拼死才杀出一条路，带着百余骑兵逃走了。

他们刚刚到达堂仓镇附近就遇上了周将张建雄，张建雄对着王峦等人大喊："我乃周将张建雄，你们快快束手就擒，免得我动手。"

王峦硬着头皮迎战，几个回合下来就被张建雄擒住。王峦的部将看主将被抓，也向周军投降了。

黄花谷这边的蜀兵也被捉得精光，张建雄仔细清点人数，正好捉了三千人，一个不多，一个不少。更令人吃惊的是，双方一个人都没死，张建雄带着战俘高兴地回去报功去了。

蜀军先锋李进得知王峦全军被抓，不免恐惧起来，还以为周军有天神相助。为了保命，李进竟然抛弃了马岭寨，奔回大营。白涧的屯兵，听到消息也都四处溃散。

李廷珪和伊审征见计划失败，也见机行事，带着大军撤到青泥岭驻扎下来。雄武节度使韩继勋，也想逃命，自然依葫芦画瓢，带着大军逃回成都。

秦州官员也都是贪生怕死之徒，他们见蜀军纷纷不战而逃，当即打开城门迎入周军。

王景带兵进入秦州后,分兵攻打成州和阶州,自己则亲自督军攻打凤州。成州和阶州的刺史听闻秦州失守,当即投降。

唯独凤州守将拼死抵抗周军,周军屡次攻城未果。蜀主派王环等人去支援秦州,但他们听说秦州已经投降了,又引兵赶往凤州。

王景带着周军赶到凤州几次攻城都被击退,于是下令在城外修营垒围困凤州。一段时间后,凤州城中粮食吃完了,不少士兵偷偷跑出来投降。王景等人趁机攻城,最终取得胜利。

至此,秦、凤、成、阶四州全部被周占据。

周主收到王景的捷报,随即下令犒赏三军,便下令王景赦免俘虏的蜀兵,那些愿意留下来的蜀兵也给予赏赐和粮饷。

蜀国这次大败,朝野震惊,蜀主思前想后,决定给周主送去求和书,请求议和。

周主郭荣见求和书中蜀主仍自称大蜀皇帝,大怒道:"他还敢与我为敌吗?"

蜀主这边一直没有等到周主的回书,气愤不已,于是又与周断绝关系,再次为敌。

## 46. 后周战南唐

周主郭荣为了积蓄力量征讨淮南,所以没有再发兵攻打蜀国,对于蜀主送来的求和书,他也没有回复。

接着,周主就命宰相李谷(gǔ)为主将带着王彦超、韩令坤等将领一起出征,向南进发。并先传诏南唐各县道,说南唐主治国无道,号召淮南各县主动投降。

南唐这边,唐主李璟仍重用奸臣以致国家内政日益紊乱。

淮河河水每到冬季就会进入枯水期,这时候唐主会派兵前往戍守。后来,唐主竟然听从寿州监军的建议撤去了淮水边的守兵,淮上的百姓听说周军要南下,人人自危。

唯独清淮节度使刘仁赡镇定自若,还像往常一样派兵严守,附近百姓这才安心。

唐主得知周军南下,立即派刘彦贞带兵两万支援寿州,皇甫晖等人带兵三万屯守定远县。

周军主帅李谷等人到了正阳镇,见淮上无人防守,很快就带兵越过淮河到了寿州城下。可周军数次攻寿州城都没有成功,还损失不少兵力,李谷就上书朝廷说明了寿州的情形。

周主得知战报,本打算亲征,但枢密使郑仁诲此时病逝了,周主为此很是叹惜,亲征一事也就缓下来了。

不久,吴越王派使者来进贡,周主让吴使带着诏书回国,谕令吴越王发兵攻打南唐。吴越王应诏出兵,派吴程袭击常州,结果吴越军大败,吴程狼狈逃回。

寿州这边,李榖仍是久攻不克,周主见寿州一直没有攻下来,于是决定亲征。安排好宫里的事情以后,周主派李重进为先锋前往正阳,白重赞领兵出屯颖上,自己则领禁军随行。

唐将刘彦贞已经带着援兵来到寿州,他派人摧毁了周军渡河的浮桥。李榖得知这一消息,立马带着士兵退回到正阳,并向周主汇报了这一情况。

周主接到李榖的战报,急忙命人带着诏令到李榖大营,命他停止退兵。接着,周主又派人催促李重进速速赶往淮上,与李榖会师,并传令:"如果唐军到了,马上出击!"

李重进奉命抵达正阳,唐将刘彦贞见周军撤走了,便想率军追击。刘仁赡极力劝阻他不要追击周军,他仍是一意孤行。

这个刘彦贞本来没什么才能,而且常常剥削百姓,积攒了不少钱财。他拿着这些钱贿赂朝中大臣,大臣们在唐主面前一个劲儿地夸他,唐主信以为真,便把兵权交给了他。

随后,刘彦贞就带着大军直抵正阳,唐军的旌旗辎重绵延了数百里。

李重进见唐兵到来,便率军渡过淮河向东前进。他见唐军列阵以待,二话不说就冲进唐军阵中,与唐将咸师朗大战了四五十个回合,最后设计捉住咸师朗,将他押回李榖大营。

李榖听说李重进得胜,便令韩令坤等将士前去接应他。李重进杀入唐军阵中,拿着一把大刀,左劈右砍,杀死不少唐兵。

刘彦贞的部众都是一些酒囊饭袋,作战能力差,根本抵挡不住李重进军队的击杀,纷纷逃散。韩令坤这时也带兵杀来,唐军更害

## 46. 后周战南唐

怕了,刹那间狂奔乱窜,四处逃生。

刘彦贞也带着几百个亲军落荒而逃,但很快被李重进等人追上。刘彦贞被李重进一刀砍死,其他的逃兵也都被斩杀。

这一战,周军大获全胜,缴获二十多万件军资器械。

周主得知李重进等人得胜,也驱兵来到正阳,准备亲自督军攻打寿州。他随即召集十万兵马,围攻寿州,日夜不停,但无奈城中防守严密,屡次攻击都没能成功。

这时,周主接到战报说唐都监何延锡率领百余艘战舰在涂山驻扎,为寿州声援。周主招来赵匡胤对他说道:"寿州城内的守兵得了声援,更加不好打了,你现在先去灭了何延锡的援军。"

赵匡胤领命出发,他先挑了几百名老弱的骑兵去引诱敌人,然后率精兵埋伏在涡口。

唐将何延锡此时非常矛盾,他既担心寿州情势危急,但又不敢贸然前进。这时士兵来报:"周军来了!"

何延锡召集水军前往查看,见周兵年老体弱,立即上前追击,但那周兵却不与他们交战,掉头就跑。何延锡追了一程,也想回军,但是周军用激将法激他,何延锡又带兵继续追赶,并下令让五十艘战舰在后面跟随,要是遇到不测,也可上船逃走。

不一会儿就到了涡口,这里长着一人多高的芦苇,何延锡并没有看见周军,继续追入芦苇丛中,后被赵匡胤袭击身亡。

其他的唐军也都被赵匡胤制服,那五十艘战舰也被赵匡胤带兵拦截,抢了过来。周主得知赵匡胤得胜,对他好好赏赐了一番。

接着,周主又派赵匡胤领兵两万攻取清流关,派王逵出兵攻打鄂州。

赵匡胤率兵马不停蹄很快来到清流关,随后就兵分两路,一路

## 46. 后周战南唐

直往关下，一路从小路包抄，顺利拿下清流关。接着赵匡胤率兵直逼滁州城。

皇甫晖、姚凤刚刚逃进城，赵匡胤等人就追来了，随即下令攻城。两军列阵对战，赵匡胤英勇无比，周军趁机将皇甫晖与姚凤活捉了。唐军没了主帅，自然溃败。赵匡胤随即派人向周主告捷。

周主料定扬州没有防备，就命赵匡胤的父亲赵弘殷立即进兵扬州，另派韩令坤、白延遇两位大将支援他。

唐主李璟屡次接到败报，十分惶恐，于是派牙将王知朗，奉书给周主，情愿求和。

唐主在书中自称唐皇帝，请求周主停战修好，并愿意把周主当成兄长一般侍奉，每年向周供奉财物。

但周主并未给南唐答复，还将南唐使者赶了回去。唐主无奈再次派使者送去大量金银、布匹、美酒等物品给周主，并向周主奉表称臣。

周主召见唐使，看完了奏表，对他们说道："你们来这里是想劝朕收兵吧？朕并非愚主，岂是你们能随便说服的？你们回去告诉你们的主子，让他马上来见朕，然后谢罪，如果他没有诚意，朕马上向金陵进兵！"

唐使现在被周主的气势狠狠镇住了，一句话都说不出来，只能连连叩头，立即辞行。

## 47. 周主凯旋

之前奉周主之命攻打扬州的韩令坤等人也传回捷报,周主高兴极了,又命韩令坤等人转攻泰州。

泰州不久也被韩定坤攻下,吴越兵也攻入常州、宣州等地。这些消息传到李璟的耳中,更令他心慌意乱,朝中大臣也毫无办法,只是劝唐主向辽国求援。只是他们派出的使者已经被周将截住了。

## 47. 周主凯旋

唐廷等不到辽国援军，只好派孙晟等人再次向周主奉表乞降。

周主看完南唐的降表，毫不让步，对着孙晟等人说道："你国要是不割让江北之地，朕是绝对不会退师的！上次叫你们回去告诉你们主子前来谢罪，怎么没来？"

李德明连忙向周主叩头，并想起大臣冯延巳的嘱托，对周主说愿意献上濠（háo）、寿、泗（sì）、楚、光、海六州给周，并每年进贡一百万金帛请周主罢兵。

周主依旧没有让步，而是逼迫孙晟去招降刘仁赡。孙晟见到刘仁赡，不仅没有劝他投降，反而让他继续坚守。周主非常气愤，但又敬佩孙晟的忠义，于是对他以礼相待。

周主又写了一封诏书让李德明带回去给唐主，说是南唐献上江北的各州才答应修好。

唐主李璟收到诏书，一时也不知怎么办才好。朝中大臣数落李德明卖国求荣，反而替周主传诏，叫南唐割献土地。

唐主李璟也痛恨他的做法，将他斩首示众，随后又命弟弟齐王李景达为主帅，率兵六万，抵御周军。

唐将陆孟俊率领一万士兵前去攻打泰州，泰州此时只有一千多名周兵驻守，所以陆孟俊很快攻下泰州，接着他又转攻扬州。陆孟俊大军来到扬州城下与韩令坤大军展开大战，陆孟俊战败被杀。

唐元帅李景达听闻陆孟俊战败而死，急忙从瓜步渡江，大军抵达六合县的时候，探知周将赵匡胤据守在这里。李景达知道赵匡胤不好惹，于是率兵在六合东南二十里处安营扎寨。

赵匡胤得知李景达率军前来，也按兵不动。

几天后，一万唐军向六合杀来。此时赵匡胤与将士已经养足锐气，他们得知唐军来攻，立即杀出。

双方这次交战，不分胜负，索性都收兵撤回了。

回营后，赵匡胤将那些临阵退缩的士兵全部处死，其他士兵见状一刻也不敢懈怠了。

随后，赵匡胤又带着士兵偷袭唐军大营，只见他径直冲入唐军的中军，将李景达马前的帅旗用矛钩翻了。

帅旗一倒，唐军大乱，李景达趁机逃跑，其他士兵见主帅逃跑也跟着逃跑。周军立即上前截杀唐军，杀死了无数人马。

周主在众将领的极力劝阻下有了归意。这时，唐主又派人送表，力请罢兵，于是周主决定下令班师回朝。

这时，唐舒州节度使马希崇带着兄弟十七人前来投奔周主，周主命他为右羽林统军，让他跟着车驾一起北归。

赵匡胤父子也被周主召回。赵匡胤先去探望了父亲，看着父亲病情好转了不少，这才安心了一些。随后，他就护送父亲一起回汴京去了。

周主给赵匡胤父子都升了官，赵普在赵匡胤的推荐下也被周主封为定国军节度推官。

不久，周主接连收到吴越王的奏表和荆南的奏表，一说是吴越军被唐燕王李弘翼打败，损失惨重；二说是朗州节度使王逵被部下所杀，军士们推周行逢为帅。

周主看完奏表，不禁感叹道："吴越丧师，湖南又失去一支人马，恐怕唐兵会趁机崛起啊，还得朕亲自出马啊！"

原来王逵从潭州迁居到朗州后，把周行逢调到了潭州，并任用潘叔嗣为岳州团练使。后来王逵与潘叔嗣产生矛盾，潘叔嗣对王逵心生怨恨，随即找机会杀了王逵。

潘叔嗣见周行逢深得民心，所以让部将李简去迎周行逢做朗州主帅。李简见到周行逢向他说明来意，周行逢开始还不肯答应，后来在众人的拥护下勉强答应了。

# 47. 周主凯旋

周行逢知道潘叔嗣是一个阴险小人，于是设计除掉了他。

接着，周行逢就上表朝廷讲述了叛乱的过程，周廷没有追究下去，只是授予周行逢为武平军节度使。

周行逢的夫人严氏是一位女中豪杰，她看不惯丈夫用刑严苛，于是不顾丈夫的挽留毅然回到家乡。严氏离开以后，周行逢确实减轻了刑罚，他也因此免去灾祸。

周主回到大梁后，又想御驾亲征，朝中大臣极力劝谏周主不要出征，周主才没有动身。

唐主这边命朱元收复江北，还派将士李平作为援应。朱元和李平相继收复舒州、蕲（qí）州等地。周淮南节度使向训正调集兵力全力攻打寿州，因此扬州和滁（chú）州守卫空虚，朱元趁机夺取杨、潞二州。

刘仁赡坚守寿州，发现来攻城的周兵越来越多，多次向唐廷乞

援，唐主派李景达带兵援助。李景达却想着之前的败仗，一直驻军在濠州不敢前进，士兵们也乐得逍遥，毫无斗志。

这天，周将李重进在营帐内阅读文书，忽然巡逻的护卫抓到一名间谍，送到李重进面前。那人拿着唐主的亲笔书信交给李重进，李重进打开一看竟然是一封反间书，他急忙派人把书信送到周廷。

周主看完书信很气愤，严厉斥责唐使孙晟，孙晟据理力争，更气得唐主直拍桌子说："你真的不怕死吗？敢与朕斗嘴！"

孙晟愤慨地说道："我来到这里，早已将生死置之度外了，要杀就杀，我无怨无悔！"

后来，周主下诏处死孙晟及其随行的一百多人。孙晟死之前向周臣要来自己的官服，整理好衣冠后，向南拜了一拜说道："臣孙晟以死报国了！"

唐主听闻孙晟的死讯，流泪不止，他追封孙晟为鲁国公，授予他谥号文忠。

周主杀死孙晟以后颇有些后悔，但是木已成舟，无法改变了，他也下定决心再次攻打南唐。

周主自知水军实力较弱，于是一面命人打造战舰，一面加紧操练士兵，以便随时出兵。

 五代 | **48. 南唐全面战败**

话说周兵围攻寿州已经一年之久了,仍没有攻下。但寿州城中的粮食也将要耗尽了,守将刘仁赡连日求援,齐王李景达才派许文缜(zhěn)、边镐、朱元等人率兵支援。

援军占据紫金山,分营驻扎,他们修筑甬道给寿州城输送粮食,这才解决了城中的粮食危机。

李重进召集诸位将领,下令各军半夜偷袭驻扎在紫金山的唐军。

唐将朱元料想到李重进可能会半夜偷袭,于是下令部将严行巡查,以防不测。他还叮嘱许文缜等其他将领注意戒备,但许文缜等人自恃兵多,丝毫不在意。

到了晚上,李重进果然来偷袭了,边镐、许文缜二人因来不及防备死伤数千人,还丢了十几车粮食。朱元的寨中却没有损失一兵一卒。

刘仁赡听说边镐、许文缜战败,愤怒极了,他立即上书齐王李景达,请边镐守城,自己督各军决战,但李景达不肯答应。刘仁赡因此郁闷成疾,渐渐起不来床了。

刘仁赡的小儿子见状想要投降周军,可在半路被人发现送回城中。刘仁赡问明儿子的意图,气愤不已,随即命人将儿子拉出去斩首。

刘仁赡的部下上前劝阻无果,又去派人到刘仁赡夫人那里求情。可刘夫人与刘仁赡一样,绝不包庇自己的儿子,立即命人速去行刑,然后举丧,众人看刘仁赡夫妇如此忠义,无不心服口服。

就连周军都敬佩刘仁赡的铁面无私,同时他们也觉得有刘仁赡这样的守将在,寿州短期内恐怕难以攻下,于是李重进就上表周主请求班师回朝,等时机成熟再来攻打。

周主收到李重进的奏章,一直犹豫不决。后来,他听从了李毂的建议决定亲征,鼓舞士气,然后一举拿下寿州城。

接着,周主授大将军王环为水军统领,带领数十艘战舰,向淮河进发,作为前军。自己则乘着大船,率领百余艘战舰,鱼贯而进。

之前周军的水军与唐军的水军实力相差还是很远的,现在朱元

## 48. 南唐全面战败

等人登高远望，看见周军战船如织，前进有序，不由得大惊失色说："完了！完了！周军的战舰如此锐敏，我们的水军反而比不上了，真是出人意料啊！"

随后，朱元下山去将周军来袭的事告诉给边镐、许文缜，并劝他们万万不可轻敌。

边镐与许文缜没有听他的话，随即领兵杀出，结果失败而归。朱元笑着说："你们不听我的劝，才会落得如此下场！"

边镐和许文缜却不仅不承认错误，还埋怨朱元见死不救。后来他们两人联合陈觉一起诬陷朱元骄纵妄为，观望不前，作战态度消极。

唐主李璟信以为真，派杨守忠替换朱元的位置，朱元有口难辩，准备一死了之。后来，朱元的朋友说服他一起投降了周军，周主高兴地接纳了他们。

周军攻紫金山时，朱元举白旗投降，开门迎敌，周军得以顺利攻破紫金山大寨。

随后，周军沿路追击逃跑的唐兵，成功斩杀唐兵一万多人。边镐、许文缜向淮东逃去，正好遇上杨守忠带兵来援，于是三人合兵抵抗周军。

两军随即展开激战，随后杨守忠、许文缜、边镐三员大将全部被周军活捉，剩下的唐军见状也都向周军投降。

齐王李景达与监军使陈觉此时乘着战舰与周军统领王环在江面展开大战。两军打得正酣，只听岸边鼓声大震，两边全站着周军，他们还一直朝船上的唐军射箭。

见不少唐军都被射死，李景达顿时手足无措，他和陈觉商议后决定撤兵。李景达急忙传令撤兵，王环趁机杀出，唐兵慌不择路，有的溺死，有的投降，差不多有两三万人。唐军战舰和粮食也被周军夺去不少。

而李景达、陈觉趁乱逃回濠州去了。

不久,陈觉听说郭延谓也战败了,于是怂恿李景达和他一起返回了金陵。静江指挥使陈德诚见李景达撤军了,害怕自己孤军难保,也渡江回去了。

唐主听闻诸军败退,打算亲自出征抵御周军,但是逃回来的陈觉等人,一个劲儿地劝谏唐主说周军精锐异常。唐主听此一劝,也开始胆怯起来,又把亲征一事搁一边去了。

刘仁赡听说援兵大败,不禁心灰意冷,病情更严重了。他的部下周延构等人知道寿州不保,于是就背着刘仁赡给周主送去一份降书,还署了刘仁赡的名字。

周主看完降书,甚是欢喜,当即派人进城抚慰。周延构等人抬着奄奄一息的刘仁赡向周主投降,周主赦免了城中百姓和士兵。

## 48. 南唐全面战败

寿州城投降后过了一晚刘仁赡就含恨而死了，城中百姓全都痛哭流涕，他的部下为了感谢刘仁赡的恩德，自刎而死，一共数十人。刘仁赡的妻子也因为悲伤过度而死。

唐主听说刘仁赡的死讯也伤心了好几天，他进封刘仁赡为卫王，立祠祭拜。

周主攻下寿州后就率领军队回京城了，留下李重进等人继续进攻濠州。时间到了显德四年（957年）十一月，周主不顾符皇后的劝阻决定再次南征。

大军一路攻破唐军阻击来到濠州城下，之前奉命攻城的李重进听说周主又御驾亲征，士气大增，很快攻入南关城，濠州的诸道防守也接连被周主攻克。

周主又令李重进驻守在濠州城外，自己率兵攻打泗州。哪知泗州守将直接打开城门请求归降，周主当然无比高兴，随即派军进城安抚百姓。

濠州守将郭延谓，用了缓兵之计，趁机派人去向唐主求援，唐主派人回报说已经派陈承昭去支援了。

不料，陈承昭早已被赵匡胤捉去，全军覆没。郭延谓孤立无援，为了保全城中百姓，只得向周主送去降书。

周主随即命令郭延谓为濠州防御使，并派他前往攻打天长，自己则率兵攻打楚州。

不久，传来战报，说是泰州和海州相继被周军攻破，周主很是高兴。

但楚州守将张彦卿和郑昭业铁石心肠，宁死不屈。周主亲自督军攻城数次仍没有成功，后来周主命人用火药炸开了城墙，这才成功进入城内。

两军经过一番殊死搏斗，城中士兵全部战死，无一人投降，周

军也损失惨重。周主一怒之下传令屠城,城中上万官吏百姓就这样成了冤魂。

## 49. 一代贤主归天

唐主见唐军全面战败,一面担心周军即刻南渡,一面又不愿向周降号称藩,于是就派陈觉上表周主,说自己将传位于太子,听命于周朝廷。

但周主看了奏表对陈觉说道:"你们主子要是诚心议和,又何必传位呢?你回去传话,要是南唐愿意割献江北,朕说不定就放手了!"

陈觉听了,立马磕头拜谢退出,随后立马派人速回唐主,说周主声威正盛,劝唐主最好割让江北,说不定可以保全江南。

唐主无奈献出庐、舒、蕲、黄四州给周主,并与后周划长江为界,周主这才满意。

随后,唐主又派大臣冯延己等人向周主献上大量财物,周主宴请了各位唐使。宴会结束后,周主下诏新得到的淮南十四州六十县,所欠赋税,全部免除,并派人给唐主送去国书和赏赐之物。

唐主李璟得了国书,去掉帝号,改称国主并使用后周年号。

唐臣冯延己、宋齐邱、陈觉等人逢迎献媚、结党营私,唐主却对他们非常信任。后来在大臣陈乔的劝谏下,唐主才慢慢对他们起了猜忌之心。

后来,宋齐邱等人一再欺君罔(wǎng)上,唐主非常愤怒,

于是命人将宋齐邱、陈觉等人全部流放。

南汉主刘晟听闻后周灭了南唐，不免忧心起来。但很快他就接受现实了，叹息着说："我能免除祸患就行了，还管子孙做什么？"

后来，有一术士占卜说刘晟在劫难逃，应该受灾。刘晟干脆破罐子破摔，更加纵情酒色，不分昼夜，在三十九岁时得病去世。

刘晟去世后，他的长子刘继兴嗣位。刘继兴当时才十六岁，无法管理政务，于是他把国事都委托给陈延寿等人，自己也整日贪图享乐，视国事如同儿戏。

周主回都，皇后符氏突然去世，享年二十六岁。周主本想册立皇后的妹妹为继后，但他此时又想着北伐，于是就把这事耽搁下来了。

大臣王朴才华出众，精通术数，很受周主的宠信。后来王朴

## 49. 一代贤主归天

意外去世,周主亲自去吊丧,大声痛哭,左右再三劝慰,周主仰天长叹:"上天不想让朕平定中原吗?为什么这么快就夺走了朕的王朴?"

王朴死后,周主虽然失去一个臂膀,但他北伐的雄心壮志依然没有动摇,没过多久周主就下诏亲征了。

在周主南征时,北汉主刘钧趁机袭击后周的边境,发兵围攻隰州。

隰州刺史孙议得病暴亡,城中顿时慌乱起来,幸亏都监李谦溥暂时统管城中事务,他随即派人修缮城墙,整理军备。

后来,李谦溥派人联络建雄军节度使杨廷璋,各自派兵趁夜偷袭河东的兵寨。河东兵猝不及防,仓皇逃走,李谦溥又带兵追击他们,最终将他们往北驱逐了数十里。

李谦溥立马将事奏报给周主,周主下令命他为隰州刺史,并命李筠与杨廷璋合兵讨伐河东。

李筠首先攻破河东六寨,李谦溥也在杨廷璋的授命下成功夺得孝义县城。北汉主刘钧无比惊慌,再三派使者向辽国求援,辽主就派出萧思温领兵援助北汉。

周主这时已经征服南唐,他接到辽汉联兵入侵的消息,决定亲自出征。他想北汉是因为有辽国这个后台才如此嚣张,于是决定先攻打辽国。

周主命令各将先带士兵和战船赶到沧州,自己亲自率领禁军作为后应。

宁州刺史王洪自知守不住周军,最先投降。北方其他各州县,也是好几年没打仗了,突然听闻周师入境,统统吓得不得了,所有官吏百姓望风逃窜,周军一路顺风顺水来到益津关。

益津关守将终廷辉正想着如何御敌,突然宁州刺史王洪前来求

见他。

王洪劝终廷辉说:"这里本就是中国的版图,我们又是中国人民,以前是被情势所逼,现在周师到这里来,我们正好重回祖国,不是很好吗?你何必犹豫呢?"

终廷辉听了这番话觉得很有理,于是就向后周投降了。

接着,周主与赵匡胤、李重进等将领都率着兵马来到瓦桥关下会师。瓦桥关守将姚内斌见周军众多,也开城投降了。

周军一路大捷,周主也很高兴,于是宴请诸将,席间众人又一起商议如何进取幽州。

诸将说:"幽州为辽南重地,肯定有重兵把守,必定是场持久战,对我们是不利的,陛下一定要三思!"

周主听后,没有说话。

宴会散去,周主便召李重进入账说:"我军前来,势如破竹,这时正是征服辽国的好机会,朕怎么能还师呢?现在命你率兵万人,明天就出发,不捣辽都,定不回军!"

李重进无奈受命前行,随后,周主又传令孙行友率兵五千去攻打易州。

李重进大军达到固安时,发现安阳河挡住了去路。周主随后赶到与李重进一起来到河水旁查看,果然水势汹涌,深不见底。

于是周命令军士采木做桥,并规定了期限必须按时完成。

话说天有不测风云,人有旦夕祸福,周主这时突然得病,而且几天都没有好转。又过了几天,周主病情还是没有好转,赵匡胤入帐劝周主回师,周主不得已答应下来。

后来周主回到京都,病情才稍稍有了好转,便册封前皇后的妹妹符氏为继后,封长子宗训为梁王,次子宗让为燕国公。

一天,周主做了一个不祥的梦,他总觉得这个梦非常不吉

## 49. 一代贤主归天

利，于是对着左右之人说："朕做了一个不祥的梦，想必天命已经去了！"

此后，周主的病情更加严重了。显德六年（959年）六月，周主知道自己大限将至了，于是急忙召范质等人入宫嘱托后事。

周主嘱咐立梁王为太子，命任用故人王著为宰相，范质等人领命退出。当晚，周主就去世了，享年三十九岁。

可怜这新皇后，正位还没有十天，突然遭到这么大的变故，只能整日以泪洗面。

范质等人遵照周主遗命，拥立那七岁的小皇帝在灵柩前即了皇帝位。

## 50. 陈桥兵变

周幼主称帝后，一切政事都交给宰相范质等人主持，朝中的大臣也各有一番升迁。

北面兵马都部署韩令坤向周廷发来战报，说是在霸州打败了五百辽国骑兵。

周廷因为国家刚刚发生大丧，所以无法大肆出兵，于是就下令各戍边守将，严守疆土，不要轻易出师。

辽主述律，本来沉迷于酒色，没有南侵的志向，当关南各州失守时，他曾对着身边人说道："燕南本来就是中国的地方，现在还给中国，有什么可惜的呢？"

北汉主刘钧，屡战屡败，也不敢轻易来生事了。只是三国的边界处，守边的将士难免发生矛盾，经常会有些小打小闹之事，但总体来看，边境还算安宁的。

好不容易过了残年，周廷仍然没有改元，一直称显德七年（960年）。

这时突然接到镇定的急报，说是辽国联合北汉，大举进攻，请朝廷速速发兵支援。

宰相范质等人收到急报立马上奏符太后。

范质等人商议后决定派殿前都点检赵匡胤率兵北征，然后命慕

## 50. 陈桥兵变

容延钊为前锋,率兵先出发。此外命高怀德、张令铎、张光翰等将领陆续会齐,逐队出发。

京城不知道什么时候传出这样一个谣言,说是点检将做天子。但这谣言到底是什么人传出来的,当时也无从考究。

朝中有些大臣也听到过这个谣言,但他们总觉得是胡言乱语,不能相信。那符太后与小皇帝久居宫中,当然也没听过这坊间传言。

哪知正月初三出兵,正月初四的晚上,就由陈桥驿传来警报,急得满朝官员不知所措。

原来赵匡胤大军到了陈桥,军中的高怀德、李处耘、赵普等人与赵匡胤的弟弟赵匡义密谋推举点检为天子。

这几人忙活了一个晚上,把将士们都安抚好,然后到了正月初四的早上就一起来到赵匡胤的住所,高呼要立赵匡胤为天子。

赵匡胤听到呼喊声被惊醒,他得知了军士们的来意,一直不肯答应。可将士们却拿刀逼迫他,高怀德也拿来黄袍披在赵匡胤身上。

随后,众将士一律下跪,三呼万岁,赵匡胤还想推辞,偏偏众人不由分说将他扶上马,强迫他回到汴京。

赵匡胤对众人说:"你们要是肯听从我的命令,我就回去,否则我绝不答应做你们的主子!"

众人全部听赵匡胤下令,于是赵匡胤与将士们约法三章,一是不得惊犯太后母子,二是不能欺凌百官,三是不能进京抢掠。

殿前都指挥石守信与都虞候王审琦已经提前接到赵匡义的密报,大概知道了事情的原委。这两人与赵匡胤兄弟关系十分密切,所以也有心推立赵匡胤,于是他们暗中传令禁军,放赵匡胤全军入城。

就这样,赵匡胤大军畅通无阻地进入大梁。刚入京,赵匡胤就派人去保护自己的家属,当时赵匡胤的父亲已经去世了,只有母亲杜氏在家。

杜氏接到消息后惊喜地说道:"我儿素来有大志,如今果然实现了!"

等赵匡胤入城已经是正月初五了,百官全都在议论陈桥发生的事情。忽然客省使潘美入朝报告百官,说各军已经推戴点检为天子,现在已经入都了。

范质等人听了他的话,个个吓得惊慌失措,唯独侍卫军副指挥使韩通慌忙退朝,准备集结部众出城抵御。

途中韩通遇上了赵匡胤的部将王彦昇(shēng),王彦昇对着韩通大喊道:"韩侍卫快去接驾,新天子到了!"

韩通大怒说道:"天子当然在宫中,你们这些反贼竟然想篡位,

## 50. 陈桥兵变

实在可恨！我劝你马上回头，以免被灭族！"

王彦昇不等韩通话说完，就与他打斗起来。韩通不敌王彦昇，被他杀害，王彦昇还不解气，又杀了韩通一家老小。

赵匡胤入城后，命将士们一律回营，然后自己回到公署。他又命人将范质、王溥等人带来这里。

赵匡胤见到他们就哭着说："我受到先皇的厚恩，却被六军胁迫到这里，真是有愧天地，现在该怎么办呢？"

范质等人面面相觑，也不知如何回话。一旁的罗彦環厉声说道："我辈无主，现在愿意奉点检为天子，谁要是不同意，就试试我的剑！"

范质等人都被吓得直冒冷汗，这时王溥先降阶跪拜，范质等人不得已也跪下了。

接着，众人就请赵匡胤来到崇元殿，准备行受禅礼，然后召集百官入朝，但一直等到中午百官才到齐。

由于事情太仓促了，禅位诏书都没有准备，幸好翰林学士陶榖早有准备。接着，赵匡胤就在百官的拥立下登基称帝。

大礼结束后，赵匡胤就命范质等人胁迫周主宗训及太后移居西宫。符太后大哭一场后就带着幼主去往西宫了。

随后，赵匡胤下诏奉周主为郑王，符太后为周太后，还命人每年都要祭拜周室的陵庙。

至此，周朝灭亡，周朝一共经历了三个皇帝，共计九年多，一般算作十年。

不久，赵匡胤又将郑王迁到房州，十二年之后，郑王去世，年仅十九岁，周太后符氏也在房州去世。

赵匡胤做了天子后，改国号为"宋"，改年号为建隆，并派使者传告全国。所有内外的官吏也都各有升迁。

华山的隐士陈抟听闻赵匡胤称帝，高兴地说道："天下从此太平了！"后来的事情也正如他所说。

宋主称帝的第一年，中原还有五个国家，除了宋以外，就是北汉、南唐、南汉、后蜀，北方还有一个辽国。其余就是南方三镇，分别是荆南、湖南、吴越。后来，宋朝调兵遣将依次将它们削平。

唯有辽主述律，后被一个厨子杀害，嗣子耶律贤继位。耶律贤不像他父亲那样嗜酒好色，辽国在他的治理下渐渐强大起来。